OCEANO exprés

HIELO NEGRO

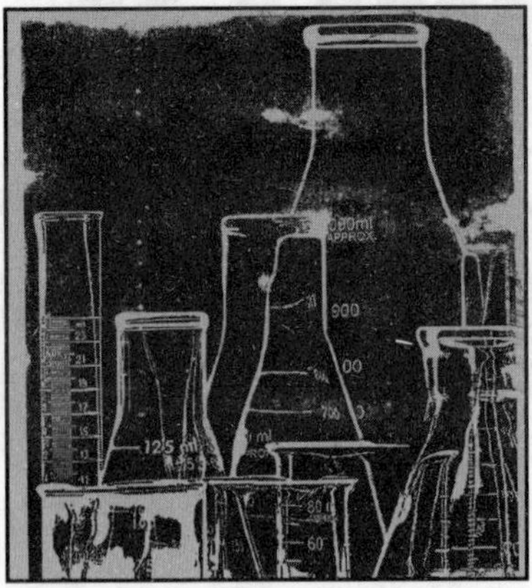

HIELO NEGRO

Bernardo Fernández
Bef

OCEANO exprés

HIELO NEGRO

Diseño de portada: Estudio Sagahón / Leonel Sagahón

Guillermo Barroso 17-5, Col. Industrial Las Armas,
Tlalnepantla de Baz, 54080, Estado de México
info@oceano.com.mx

Primera reimpresión en Océano exprés: marzo, 2023

ISBN: 978-607-735-701-8

Impreso en México / Printed in Mexico

Hay muy pocas personas con las que podría
estar espalda contra espalda en medio de un
tiroteo. Una de ellas es Paco Haghenbeck
y por eso esta novela está dedicada a él

Love is a negative form of hate.

(El amor es una forma negativa del odio.)

ROGER ZELAZNY, *This Immortal*

1

Quince minutos antes de que su cabeza volara en pedazos, el policía auxiliar Ceferino Martínez, alias el Oaxaca, terminó el último rondín de la noche.

–Dos catorce, aquí veintisiete, reportando en dieciséis —informó por radio a la central cuando volvió a la caseta de vigilancia. Todo estaba en orden.

Se sentó en la silla, aflojó el nudo de la corbata y encendió la radio en la Sabrosita.

Humedeció la punta de un Delicado sin filtro con la lengua, le gustaba el sabor dulce del papel de arroz. Lo colgó entre sus labios antes de encenderlo, como veía hacer a los policías de las películas. Aspiró profundo antes de soplar una estela azulada.

Sólo quedaba esperar a que llegara su relevo en un cuarto de hora, justo a la medianoche.

Dio una segunda chupada al cigarro. Al exhalar, observó con atención las evoluciones del humo. Encontró profundamente sensuales las formas de las volutas.

Le recordaban las nalgas de su mujer.

Veinticuatro horas antes había llegado a su turno de vigilancia aún agitado tras haber penetrado a Margarita

sobre la mesa del diminuto cuarto que rentaban en Iztapalapa.

La pareja, venida de la costa oaxaqueña, se había establecido en el peligroso barrio de La Minerva. Ella trabajaba como doméstica. Ceferino había sido jardinero hasta que se colocó de policía auxiliar.

Después de diez años de casados y tres hijos, el Oaxaca seguía encontrando irresistibles las nalgas de su mujer. Le parecía fascinante la delicada línea con que su talle se ensanchaba en las caderas, la textura de durazno de aquel trasero moreno que solía recorrer con la lengua antes de atacar a mordidas.

En eso pensaba el policía al masticar el último bocado del tamal que su mujer le sirvió para cenar, mientras Margarita levantaba los platos.

La esposa se inclinó sobre el lavadero para buscar el detergente cuando sintió las manos de su marido palpándola con torpeza.

–Los niños… —murmuró, sabiendo de antemano que no serviría de nada. De cualquier manera sus hijos se fingían dormidos, temerosos de la furia del padre.

Ya Ceferino había levantado la falda y bajado la pantaleta. Pronto Margarita comenzó a sentir las dentelladas dolorosas hundirse en su carne. Pensó en las marcas que solía dejarle.

–Me lastimas —dijo en tono de ruego. Consciente de la inutilidad de suplicar, cerró los ojos. Sintió el primer embate.

Escuchó los gemidos de su marido. Apretó los labios. A Ceferino no le gustaba que se quejara. En unos minutos todo había terminado, sólo quedaba el dolor. Se desplomó

en el piso, ocultando sus lágrimas, ahogando sus sollozos. Temía enfurecer a su esposo.

–Y no andes de puta por ahí, o te parto tu madre —dijo Ceferino al salir, mientras se subía la bragueta.

Veinticuatro horas después, al recordarlo en la caseta de vigilancia, el policía tuvo una erección. "Deja que llegue a la casa, cabrona", pensaba al fumar.

Semianalfabeta, el Oaxaca presentó un certificado falso comprado en la plaza de Santo Domingo para solicitar el trabajo.

Poco le afectó no haber terminado la primaria a la hora del entrenamiento en Cancerbero, la empresa de seguridad privada donde trabajaba. Ceferino Martínez había errado su vocación con la jardinería: era un policía nato.

Pocas cosas había disfrutado tanto como aprender a tirar o a manejar el tolete. Varias veces había regresado ebrio a casa tras beber con los compas después del entrenamiento, para practicar las llamadas técnicas de persuasión y dominación con Margarita y los niños.

Lo mejor de todo era que no dejaban marcas ni moretones. Vigilancia Cancerbero, S. A. de C. V. era una empresa de seguridad privada fundada por el general Díaz Barriga, experto en seguridad nacional y grupos de choque de élite, que había muerto años atrás en un accidente aéreo.

Ahora la empresa era dirigida por la viuda del militar, doña Conchita, una dulce anciana apasionada de las armas de fuego y las técnicas de persuasión.

Ceferino, que empezó podando el jardín de la casa de Polanco de los Díaz Barriga, se había ganado la simpatía del matrimonio con su sonrisa y empeño en el trabajo.

Con los años, tras la muerte del general, el oaxaqueño se volvió uno de los consentidos de doña Conchita debido a sus ganas de superarse y el empeño que ponía en los entrenamientos.

Por ello no sorprendió a nadie que el Oaxaca ascendiera rápidamente en el escalafón de Cancerbero hasta convertirse en supervisor. Ahora era el responsable de su turno en la vigilancia de los laboratorios médicos Cubilsa.

Era un trabajo tranquilo, él no se quejaba excepto los días como ése, en que llegaba al laboratorio un cargamento de seudoefedrina. El contenedor venía escoltado por soldados como si se tratara de una bomba atómica.

El personal administrativo, técnico y de seguridad de la planta debía firmar por triplicado la recepción de la sustancia, para después hacer una meticulosa revisión del material.

–Parece que train coca los cabrones —decía el Oaxaca en voz baja a Goyito, un paisano de Cuicatlán que trabajaba a sus órdenes.

–Pinche chingadera, la usan pal jarabe de la tos —contestaba Goyo—; me lo dijo Aidita, una de las químicas. La güera.

Ceferino sabía perfectamente de quién le hablaba Goyo. Varias veces había cerrado los ojos mientras sodomizaba a su mujer para imaginarse que penetraba a la laboratorista.

El procedimiento continuó durante varias horas ante el tedio de todos los presentes.

Cerca de las ocho se fueron los soldados. Para las diez, el laboratorio estaba vacío, las dos toneladas de la sustancia descansaban en la bodega.

A las once treinta, tras una visita infructuosa al baño debido a su estreñimiento crónico, Ceferino dio un último recorrido por el laboratorio antes de que llegaran sus compañeros vigilantes a relevarlos.

Cada turno comprendía una célula de seis hombres que trabajaban veinticuatro horas para descansar otras tantas. Un laboratorio pequeño como Cubilsa no necesitaba más.

El Oaxaca continuó fumando hasta que la colilla le quemó los labios, como cuando fumaba mota. No lo hacía desde que doña Conchita estableció el antidoping mensual.

Goyo decía que tomando dos botellas grandes de Gatorade azul daba negativo el examen de orina. Pero al Oaxaca, además de parecerle cara, esa porquería ni le gustaba. Prefería aguantarse, no era cosa de quedarle mal a su patrona.

Ello no le impedía traerse un par de kilos de la buena cada que iba para su pueblo. Su mejor cliente era un compañero del otro turno, un costeño grandote al que le decían el Acapulquito por grandote. "Cómo fuma el cabrón", pensó Ceferino, divertido. Nunca había visto que el Acapulco diera positivo en el antidoping. Ni que tomara Gatorade azul.

Aplastó la bacha bajo su bota. "Ojalá que te mueras", cantaba Pesado en la radio.

Cinco minutos antes de morir, Ceferino cerró los ojos y pensó en Vanessa, hija de la dueña de un putero de Pochutla que lo había despreciado por jodido. Canturreó la rola de ardor con los ojos cerrados, cada palabra quemándole los labios. Podía ver los ojos negros de Vane bajo sus cejas espesas frente a él, casi podía tocarla.

El timbre de la puerta lo arrancó de sus recuerdos.

"Ah, chingá, faltan tres minutos", pensó tras consultar la hora. Uno de los procedimientos de Cancerbero consistía en sincronizar los relojes.

En el monitor lo observaba el Acapulquito con mirada ausente.

–Tres catorce —dijo Ceferino a la pantalla.

–Dieciséis —contestó el Acapulco, como distraído.

–¿Trais gripa, compadre? —preguntó el Oaxaca.

–Éi —repuso su compañero, sin que Ceferino lo viera mover los labios.

–Procedo —anunció y caminó hasta la puerta. Ahí tecleó la clave de seguridad que botaba los cerrojos.

–Pinche Aca, has de venir hasta tu madre. Ya te dije que no quemes cuando estés de servicio. Si la doña te tuerce te cuelga de los güevos —dijo el Oaxaca al abrir la puerta.

El guerrerense no contestó.

–¿Pos qué trais, tú?

El jefe del nuevo turno se desplomó sobre Ceferino, quien apenas alcanzó a esquivar el cuerpo de su compañero. Al caer de frente, descubrió un tenedor de carnicero clavado en el nacimiento del cuello del Acapulco, ahí donde se une con la espalda.

El Oaxaca no supo qué hacer. Un grito se ahogó en su garganta. Desenfundó la pistola. Hubiera comenzado a disparar al levantar la mirada de no haberse encontrado frente a un gorila armado con una escopeta.

El segundo que tardó en reaccionar le costó la vida.

De haber tenido más tiempo, habría asimilado que lo que tenía frente a él era un hombre disfrazado de simio. Pero durante ese instante de confusión el chango elevó

el doble cañón de su escopeta Mossberg hasta la altura de los ojos del Oaxaca y disparó.

Cuando el cuerpo de Ceferino Martínez cayó de espaldas al piso, ya estaba muerto. De otro modo quizá hubiera disfrutado la manera casi milagrosa en que los espasmos intestinales le curaron el estreñimiento.

Probablemente también le hubiera divertido ver cómo un comando de hombres disfrazados de gorilas en patines entraban a Laboratorios Cubilsa, S. A. de C. V., para reducir a los otros cinco vigilantes del turno a cadáveres en apenas unos minutos.

Una escena cómica, digna de una película.

Ver a los simios meter un camión y cargar las dos toneladas de seudoefedrina ya no le hubiera hecho tanta gracia al Oaxaca. Al día siguiente se iba a armar el gran desmadre. Doña Conchita lo iba a colgar de los güevos, como le gustaba decir.

Afortunadamente, estaba muerto.

2

–¿Qué suena?

En la noche sólo se escucha el silencio. Algunos grillos a lo lejos. Un pajarraco grazna. Los dos hombres hacen guardia al lado de una picop negra de vidrios polarizados.

Tras ellos, una bodega se eleva aislada en medio de la nada. De pronto oyen un tiro.

–¿Qué suena?

–¿Qué va a sonar, pendejo? La pistola.

–No, en serio, ¿qué suena?

Los dos se callan. Los ruidos de la montaña retumban en las sombras. En medio de la oscuridad no pueden distinguir el rostro del compañero. Sólo la brasa del cigarro del otro, que se ilumina con cada bocanada.

Otro tiro.

–¿Oístes?

–Que no mames.

–Ói...

Como lejanos, tras las paredes de lámina del bodegón se escuchan gritos. Otro disparo.

–¿Qué cosa, cabrón?

–La jefa. Canta...

Los dos sicarios aguzan las orejas. Como un murmullo escuchan la voz de Lizzy Zubiaga:

–...doce elefantes se columpiaban sobre la tela de una araña...

La palabra *araña* coincide con un tiro. Con éste se apaga la última voz que grita.

De nuevo, el silencio.

–Pinche vieja, está reloca...

No termina la frase. La puerta de la bodega se abre. Lizzy sale caminando. En la oscuridad los dos sicarios saben que la pistola de su jefa, una Colt Government, todavía humea.

–Listo. Una instalación nueva. Vámonos.

Se suben a la Lobo negra y se alejan de ahí en silencio. Ninguno de los dos se atreve a preguntarle por qué cantaba.

Al día siguiente, una llamada anónima lleva a la policía a una bodega en las afueras de Mazatlán. El delegado de la Procuraduría Federal maneja malhumorado hasta el lugar. Viene crudo.

Baja de la patrulla y avanza hacia la puerta del edificio de lámina. El lugar está repleto de policías y periodistas.

–Ora sí se pasaron —dice a manera de saludo el forense, al salir de la bodega.

El delegado entiende hasta que llega al interior. Casi se va de espaldas.

En lugar de un mensaje al cártel contrario, de las amenazas a la policía o de las advertencias entre narcos, en

medio de los doce cadáveres con tiro de gracia hay una carita feliz con un mensaje garrapateado con spray sobre la pared:

Have a nice day!!!

3

—FUEGO.

El primer tiro le da justo en medio de los ojos.

Imagino su cráneo reventado, la masa encefálica huyendo despavorida por el occipital.

El segundo disparo se aloja en medio del pecho. Suficiente para hacer estallar los pulmones como dos globos llenos de agua, al tiempo que una tercera bala pega en medio de las caderas.

Lo de menos serían los genitales arrasados por la trayectoria del proyectil: el daño irreversible en el espinazo le impediría volver a caminar.

Lástima que es un muñeco para prácticas de tiro.

—Muy bien, Andrea, treinta segundos —me dice Martínez, el instructor.

Bajo el arma.

Pese a los protectores, aún me zumban los oídos. El antebrazo me duele por el retroceso del arma.

Es un dolor que me gusta. Una buena manera de empezar el día.

Martínez, un policía veterano de tiempos del Cisen, inspecciona los restos del muñeco. Se dice que era muy

cercano a don Fernando Gutiérrez Barrios. Que era compadre del papá de Coello Trejo.

Nada de eso le sirvió cuando vino una de tantas depuraciones de la policía.

Tuvo suerte. No acabó muerto o en la cárcel como muchos de sus compañeros.

Lo salvó el ser un tirador de primer nivel. Por eso pudo colocarse de instructor de campo de tiro.

La leyenda dice que era capaz de darle a un globo flotando en el cielo.

No cabe duda, el tiempo lo destruye todo, pienso mientras el viejo inspecciona la silueta de tiro que acabo de despedazar.

Una silueta humana con tres orificios humeantes.

El aroma sulfuroso de la pólvora flota en el ambiente. La primera vez que lo olí pensé que alguien había lanzado huevos podridos. O que estábamos junto a una coladera abierta.

–Pobre cabrón —para Martínez es el equivalente a un halago.

Levanta la mirada hacia mí al tiempo que saca un cigarro de su chamarra. Lo enciende y aspira antes de hablar:

–Puede retirarse, agente Mijangos.

Doy media vuelta para salir sin despedirme. De inmediato siento su mirada clavarse en mis nalgas. Como a todos, le gustan las gordas grandotas para cogérselas.

Jamás para andar con una.

Una vez lo descubrí escaneándome el escote mientras limpiaba mi arma. Desde entonces no me sostiene la mirada. Como todos, desconfían de nosotras. No creen que una mujer pueda ser tan ruda como un agente hombre.

Hasta que me ven tirar.

Sólo hasta entonces me respetan. Tuve que demostrárselo desde el principio.

La cosa fue así:

Patrullábamos por las calles de la colonia Doctores. Es la que les asignan a los primerizos. Venía con Bustamante, un agente al que le faltaban unos meses para jubilarse.

Los dos estábamos cagados. Él, por que le asignaran una mujer. Yo, por que me pusieran con un anciano.

–Pinches viejas, vale verga... —murmuraba el viejo todo el tiempo. Escupía su maldición entre dientes cada que tenía oportunidad.

Una variante era hacer de cuenta que venía con otro hombre:

–¿Ya viste esas nalgas? Putamadre, mano, ¿a poco no te la cogías?

Nunca sabía qué contestarle.

Bustamante era un cabrón. Tenía dos o tres esposas, además de múltiples amantes. Su debilidad eran las adolescentes.

–Pérame tantito, no tardo —decía a las puertas de una vecindad. Se bajaba de la patrulla y llamaba a gestos a una mujer, siempre muy joven. Apenas arribita de los dieciocho. O eso quiero pensar.

Me dejaba ahí, con la estática de la radio crepitando. Diez, doce minutos.

Regresaba arreglándose el nudo de la corbata. Oliendo a semen.

–Puta madre, mano. Hay que estar en forma.

Y arrancaba.

Su deporte favorito era extorsionar negocios. Llegaba a una cantina. En cuanto el dueño lo veía entrar se ponía pálido.

–¿Q-qué pasó, mi capi? ¿Otra vez por esta su casa? —solían decirle, nerviosos.

–Échame una cubita, Fermín. ¿Quieres un refresco, niña? —me preguntaba.

Conocía de memoria las movidas de los dueños de los negocios. Por eso siempre preguntaba qué había de botana.

Tragaba como cerdo, luego se iba sin pagar.

–Ái me lapuntas, compadre —y eructaba para despedirse. Siempre que podía se hacía pendejo a los llamados de la central. Cada que tronaba la radio tomaba el periódico, era lector del *Esto*, y hacía como que se concentraba en la lectura.

Sólo contestaba cuando se trataba de cosas menores, robos de celulares, ancianas a las que habían arrancado la bolsa, cosas así.

Hasta una ocasión, a la semana de trabajar juntos, en que sonó la radio. Estaban asaltando una lavandería a dos cuadras de donde estábamos.

Como yo iba manejando, él se estaba comiendo unos tacos de canasta; arranqué de inmediato.

–Pérate, niña, ¿adónde vas?

En tres minutos estaba en el lugar. Al bajar de la patrulla ya había desenfundado mi arma, una Star 380 viejita que me dieron en la corporación.

Era mi primer asalto.

–¡Ya se los cargó la chingada! —gritaba el sujeto, sacudiendo su pistola. Era un revólver viejo.

–¡Baja tu arma, cabrón! —ordené.

–¡Se los cargó la chingada, la chingada...! —aullaba el tipo como un mantra. Llevaba encima un pasamontañas.

–No hagas pendejadas, niña —susurró Bustamante, que ni siquiera había sacado su pistola.

–¡Baja tu arma! —repetí.

El hombre no pudo más. Disparó a la patrulla, con tan mal tiro que le dio a la torreta. Luego salió corriendo.

–¡Párate, cabrón! —grité detrás de él. Era rápido. Ladraba como perro rabioso.

La gente se abría a nuestro paso. Al imbécil se le fue un tiro. Corrimos tres cuadras.

–¡Que te pares! ¡Ya te llevó el carajo!

Se detuvo en seco. Giró sobre sus talones. Levantó el arma hacia mí.

El mundo que nos rodeaba enmudeció durante unos segundos.

Vi el ojo del cañón observarme directo a la mitad de mis cejas.

Jaló el gatillo, desgarrando el silencio.

El primer tiro entró por el pecho. El segundo se alojó en el estómago.

Fui más rápida que él.

Bustamante llegó resollando. Casi se desploma.

Cayó de rodillas junto al cuerpo del ladrón. Le arrancó el pasamontañas.

No podía tener más de diecisiete años.

–Puta madre, Mijangos. Eres buena.

Levantó la mirada hacia mí. Arrodillado, me sonrió por primera vez.

–Agente Mijangos, para usted.

Estaba metida en problemas. Técnicamente lo había asesinado. Mi primer muerto. El único del que te acuerdas.

El procurador pidió que el peritaje me fuera favorable. Le debo una.

A Bustamante lo mataron dos semanas antes de que se retirara.

Alguien debió de haberse cansado de alimentarlo gratis.

Seis años en el ejército. Cuatro en la División Antiasaltos de la Procuraduría para la región noroeste.

Y ahora aquí.

¿Dónde más podría haber espacio para una mujer como yo? ¿De maestra en un jardín de niños? ¿Cortando el pelo en una estética? ¿En un despacho de diseño gráfico? ¿De ama de casa?

Demasiado grandota. Demasiado ruda.

"Mucho jamón para dos huevos", dijo una vez un imbécil a mis espaldas cuando iba en la prepa, allá en Cadereyta. Alcancé a escucharlo.

Seguía disculpándose en el suelo, después de que le había machacado los dientes a patadas.

Nadie volvió a decirme nada.

Eran mis años punk.

Después de la práctica de tiro voy al gimnasio a hacer un poco de ejercicio. Mancuernillas. Doce kilos. Seis series de cuarenta. A esa hora no hay nadie.

Termino con media hora de trote en la caminadora. Cubierta de sudor, camino hacia el baño de mujeres. En el pasillo me cruzo con el Chaparro.

Me guiña un ojo.

Sigo caminando como si no lo hubiera visto.

–Hola, Andy —saluda Karina cuando entro a las regaderas.

–Hola —respondo en automático.

Nadie sabe qué hace ella en la policía. Es muy guapa, casi bonita. Con su altura podría ser modelo de comerciales. Y está rebuena. Hasta a mí me gusta. Quizá le gusta estar rodeada de hombres. Como yo no soy competencia…

–¿Qué tal tu sesión de tiro? —pregunta desde la ducha. Ella hizo dos horas de gimnasio.

–Ya sabes. Martínez. Viejo cabrón —digo mientras me deslizo bajo el chorro helado.

–No le hagas caso.

Nos bañamos en silencio. Nunca sé qué decir a otra mujer desnuda. Karina rompe el silencio:

–Ay, Andrea. Qué buenas pompas tienes.

Todos los colores se me van al rostro.

–¿T-tú crees? Son demasiado grandes.

–Sí, pero están paraditas. Y prácticamente no tienes celulitis. Poquita.

No puedo evitar echar un ojo a sus muslos. Hasta ella tiene un poco de celulitis.

–Habías de sacarte más provecho, mujer, si eres muy guapa —y me da una nalgadita que me paraliza—; bueno, nos estamos viendo.

En el umbral de las regaderas se da media vuelta y me dice:

–Además, hay algo que admiro en ti.

La escucho en silencio. ¿Qué puede gustarle a ella de mí?

–Tu estilo, mujer. Siempre que te veo pienso en una de esas estrellas de rock pesado.

Pesado es un adjetivo que siempre me han colgado.

–Yo, en cambio —continúa—, siempre pareceré una secretaria. Ejecutiva, pero secretaria.

La veo salir.

Pasan dos o tres minutos sin que pueda moverme. Siento el contorno de su mano como si la hubiera marcado al rojo vivo sobre mi trasero.

Le hubiera roto el cuello.

Pero debo aceptar que a una parte dentro de mí le gustó lo que me dijo.

A alguien le agrada mi estilo.

Media hora después camino a la Procu en la moto cuando llega una llamada a mi celular. Rubalcava, mi jefe.

–A la orden.

–Mijangos, vete corriendo a los laboratorios Cubilsa, en Miguel Ángel de Quevedo. Hubo un cuarentainueve por cincuenta —es la clave de robo con violencia

–¿Cuántas frías?

–Doce. Policías auxiliares todos. Ya está Robles allá.

Se refiere al Járcor, mi parejita de patrulla. Le dicen así porque es un expunketo, fan del hardcore. Yo soy metalera. Nos llevamos bien. Nos intercambiamos discos y novelas policiacas.

–Voy volando, jefazo.

Venía del campo de tiro, en Cabeza de Juárez. Tomo por Zaragoza hasta el Viaducto. Salgo en Tlalpan hacia el sur, colándome entre los autos paralizados por el tránsito. Todos voltean a ver a la gordita de la moto. Yo me imagino pintándoles dedo.

Todo el camino voy oyendo a Fear Factory en mi iPod.

4

Nueve de la noche. Tabaquito, de catorce años, se desliza sobre la patineta por las calles del Polígono de Almanjáyar, la unidad habitacional más peligrosa de Granada. Uno de los peores barrios de Andalucía. De toda España.

A su paso, saluda a varios de sus amigos. En cada esquina hay una fogata donde los chicos comparten los tragos de una botella, las caladas de un porro.

Un Mercedes se empareja al lado del chico. Desde la ventana, una mujer blanca de ojos verdes vestida como para una fiesta le hace señas.

Tabaquito se detiene junto a la ventanilla.

–¿Coca? —dice ella.

El adolescente gitano niega, con desdén.

–Ice —dice. Pronuncia "áij" con acento andaluz.

–¿Qué es eso? —dice el hombre que conduce, a todas luces un joven ejecutivo de alguna transnacional.

–Eme De A. Si no la conocej, no la merecej —dice Tabaquito, disponiéndose a rodar de nuevo en su tabla.

–¿Cuánto? —escucha a sus espaldas.

Bingo.

–Treinta euros —dice victorioso.

–Quince —replica la mujer.

–Veinte.

–Hecho —responde el conductor.

La mujer le da un billete nuevo, recién salido de un cajero automático. Tabaquito devuelve un sobre con dos pastillitas rojas.

–Media pajtilla cá quien. Bebe muchagua. Ná de alcó. Y no regreje poaquí.

El auto y la patineta se alejan en direcciones contrarias. Dos horas después, en la disco Mae West, la pareja siente el paraíso explotar en sus cabezas.

No paran de bailar hasta las once de la mañana.

5

Llego al lugar de los hechos. Es un hervidero de tiras, peritos y prensa. Ya los pitufos de la Seguridad Pública están echando a perder las evidencias. Varios de nuestros muchachos de Periciales toman fotos. Algunos periodistas hacen lo mismo, para sus periódicos.

La zona está acordonada. Afuera hay una camioneta llena de fiambres; varios peritos están trabajando como hormiguitas. Saludo a un par que reconozco de los pasillos de la Procu.

–Policía judicial —murmuro mostrando la charola. Me dejan pasar.

–Andreíta, mi reina. ¿Cuándo se me hará que me concedas tu amor? —escucho decir a mis espaldas, al otro lado del cerco. Es Cabrera, un periodista de *La Prensa* con cara de sapo que no se cansa de coquetearme.

–No te alcanza, Mario, no estés chingando —digo sin voltearlo a ver.

Pinche jodido.

Hay dos cuerpos tirados en la entrada, apenas pasando la puerta.

En el piso, varios casquillos de bala están marcados por

círculos de tiza. Esto es un marranero, dejaron todo lleno de sangre.

Como siempre.

Montón de gente corre y grita por todo el lugar. Me parece reconocer a quienes deben ser los representantes legales del laboratorio.

Al fondo encuentro al Járcor, echando desmadre con los muchachos de balística.

–Quihúbole, parejita, ¿cómo anís por Medellín? —me saluda.

–Quisieras, güey. ¿Qué pasó? —le digo, chocando nuestras palmas.

–Un desmadre, güey, mataron a doce auxiliares.

–Dime algo que no sepa.

–Utilizaron escopetas y armas blancas —dice una voz conocida a mis espaldas. Volteo para encontrarme con el rostro de Leonardo, uno de los peritos. Es como de nuestra edad; tocaba el bajo en una banda de ska. Cuando se salió del grupo retomó su carrera de bioquímico, primero en Aguas y ahora acá.

–¿Cómo lo saben? —pregunto.

–Los de la camioneta fueron… ¿cómo decirlo?, ensartados como aceitunas. Dejen les muestro —nos explica mientras caminamos hacia la puerta—. Dejaron todos los cadáveres dentro del vehículo, excepto uno. No me explico cómo puedes apuñalar a seis policías entrenados.

–Pues por eso mismo —dice el Járcor—, estos cabrones no son policías. Pobres diablos, tienen una pésima formación. Muchos de ellos ni siquiera saben leer ni escribir.

–Ni en la Juda los aceptan —agrego.

–Y eso ya es hablar.

Cerca de la puerta yacen dos cuerpos. Uno de bruces, con los pies hacia la entrada. Su cara cayó sobre los pies del segundo, que se hubiera quedado viendo el techo bocarriba, de haber tenido cara.

–Como pueden ver —dice Leo inclinándose sobre el primero—, éste de aquí tiene aún encajado el objeto punzocortante.

Señala un trinche de unos treinta centímetros que sobresale de la parte posterior de su cuello.

–Parece un arpón de pesca. De los que se disparan con pistolas de gas comprimido —observo.

–No mames, pinches locos. ¿A quién se le ocurre, Leo?

–A los otros cinco los mataron a navajazos, tienen cortes en el pecho, la caja torácica y, el que manejaba, en la cabeza.

–¿Estaban desarmados los auxiliares? —pregunto.

–Tenían lo de siempre, toletes y gases —tercia el Járcor.

–Debieron sorprenderlos —dice Leo—, no puedo saberlo ahora mismo, pero me parece que estas incisiones son muy profundas. Como si los hubieran atacado con espadas.

–¿Como un escuadrón ninja?

–No mames, Járcor —digo sin dejar de ver el primer cuerpo—. Tuvieron que emboscarlos. Hacerlos bajar de la camioneta. ¿Iba blindada?

–Ni madres —dice mi parejita—, ¿tú crees que van a gastar en proteger a su gente?

–Les tienes mucha rabia, parejita.

–Ahora vean esto —Leo se inclina junto al segundo cuerpo—: por la posición de los cuerpos, parecería que el del arpón le disparó a este otro.

–Imposible. El retroceso del arma hubiera lanzado este cuerpo hacia atrás.

–Efectivamente, Andrea.

– Cálmense los dos, ni que estuviéramos en Ci Es Ái —dice el Járcor.

–Se trata de un disparo frontal con escopeta —sigue Leo, ignorándolo—. Debe de haber entrado a la altura de la nariz o la boca. Hubo fragmentación total de cráneo, con la masa encefálica pulpificada. Seguramente a la hora de la autopsia encontraríamos pocos perdigones alojados en el cráneo, la mayoría escaparon por el occipital, junto con las esquirlas de hueso y tejido cerebral.

–O sea, le volaron los sesos al cabrón —dice el Járcor.

–Le quebraron la cabeza. Oye, Leo, aquí llevamos siete cuerpos. ¿Y los otros?

–Son los policías auxiliares que estaban en el laboratorio. Apenas se están haciendo los levantamientos periciales. Todos presentan impactos de perdigonadas. Los mataron como si fueran animales.

–¿Ya se tiene el móvil del robo? Se me hace mucho desmadre para robarse unas aspirinas.

–Ahí está el asunto, parejita. Veo que además de nalga tienes cerebro —dice el Járcor—; se robaron dos toneladas de seudoefedrina.

–¿Qué diablos es eso?

–La materia prima para las metanfetaminas.

–¿Para qué la usan en este laboratorio?

–Tiene un efecto desinflamatorio —interviene Leo—, se utiliza en la elaboración de jarabe para la tos, como el genérico que produce Cubilsa. Bastante bueno por cierto.

Se ríe solo.

–Cuéntanos el chiste, Leo.

–En mis tiempos de skato, cuando andábamos en la eriza, nos comprábamos un frasco de jarabe Vick y nos lo tomábamos entero. Nos ponía bien locos. Sin hablar de las gotas de Refractil Ofteno por la nariz.

–Pinche Leo, por eso te quedaste con los platinos pegados —dice el Járcor mientras le da un zape.

–No, mi Jar, ya no le hago a eso. Pura mostaza, ya sabes. Ahora los dejo, voy a ver los otros cuerpos. Este caso promete.

–No va a ser necesario, doctor —dice alguien a nuestras espaldas.

Volteamos. Es él. Puta madre.

El capitán Gómez Darkseid, de la AFI, avanza hacia nosotros con cara de pókar, la mirada oculta tras sus espantosos lentes Ray-Ban de… bueno, de judicial.

–Agentes, éste es un caso de tráfico de sustancias ilegales, por lo tanto es de pertinencia federal —chaparro como es, su voz cascada por los cigarros y la cerveza fría no corresponde con su cuerpecito—.Les agradezco su tiempo, nuestros agentes tienen el caso a partir de este momento.

–Hasta donde sé, es un robo. No narcotráfico —le digo, plantándome frente a él. No le impresiona mi estatura.

–Agente Mijangos, siempre es un gusto verla. Hace mucho tiempo que no sabía de usted. ¿No se ha casado?

Pendejo.

–Capitán, nuestra gente ya está investigando la escena del crimen. No tiene caso que vengan sus peritos a empezar de nuevo.

–Mijangos, no le estoy preguntando. Es una orden. Se me van a la chingada todos ustedes. Este caso es nuestro.

Lo observo con una mirada que podría atravesar una plancha de acero, sin que se inmute. Doy media vuelta. Veo que Leo desapareció. El Járcor sigue ahí, escuchando las órdenes del capitán.

–Vámonos, parejita. Dile a nuestra gente que recoja sus cosas.

Salgo en silencio, sin voltear hacia Gómez Darkseid. Puedo sentir su sonrisa a mis espaldas.

–¿Entonces qué, Andreíta, cuándo me das el sí? —ladra Cabrera apenas me ve salir del laboratorio, camino hacia mi moto.

Le contesto con una patada en el abdomen que lo deja doblado en el piso.

6

La patrulla espera frente a un edificio de la Condesa con paciencia de mantis religiosa.

Cada tanto tiempo, la radio chasquea con instrucciones de la Central.

A ninguno de los dos hombres a bordo del vehículo les interesan. Es su día libre.

El agente Armengol lee *La Prensa*. Da un sorbo al atole de guayaba que compraron en la esquina de Juan Escutia y Tamaulipas.

–Es ése —dice su compañero al ver salir a alguien del edificio.

En el asiento del copiloto Armengol asiente.

Se trata de un hombre joven, bien parecido, vestido como personaje de caricatura japonesa de ciencia ficción. Camina hasta un Beetle verde metálico que enciende y arranca hacia Insurgentes.

–Omar Noriega. Veinticuatro años. Aspirante a actor. Delitos contra la salud y narcomenudeo. Especialista en anfetas —recita el Pollito Alarcón desde el volante, mientras sigue al objetivo.

–Pendejo Pollo, eso ya lo sé —gruñe Armengol—; lo he estado siguiendo tres meses.

–Perdón, señor —se disculpa el agente con su superior.

De cuarentaitantos, Armengol parece demasiado rechoncho y poco alto para ser policía judicial. Suple la corpulencia con maña. Con el cabello cortado a rape y un bigote cuyas primeras canas ya se pinta, el agente Armengol se ha ganado el respeto de sus compañeros a punta de chingadazos.

Eduardo García, el Pollo, de apenas veintipocos, fue asignado pareja de Armengol apenas hace unos meses. Con cara de niño, difícilmente sería tomado por policía si no fuera por la sobaquera. Parte de la sangre nueva que se le ha inyectado para sanear a la Juda. Sangre que veteranos como Armengol se han encargado de infectar de inmediato.

Los policías siguen al díler sobre Insurgentes, a dos autos de distancia. Cuando estaciona su coche en un Vips los policías se detienen frente a la puerta.

Noriega ni siquiera ha visto que lo siguen.

–¿Pido refuerzos, señor?

–Ya no veas tanta televisión, pinche Pollito. Además, andamos bailando por nuestra cuenta —y Armengol se reconcentra en Noriega, que acaba de tomar una mesa—. Esta vez no se me escapa, hijo de su pinche madre.

Armengol ingresó a la corporación a finales de los ochenta. Muy pronto se familiarizó con el movimiento interno. En poco tiempo, apadrinado por el capitán Barajas, se inició en las investigaciones paralelas. Un policía rastrea por su cuenta a un criminal, díler, padrote o estafador. Normalmente alguien de poca monta. Después le

caen para meterle un susto. Luego, a buscar una nueva víctima.

Un día Barajas hizo una mala elección. El díler al que le cayó resultó tener un padrino pesado. Apareció encobijado en un hotel de paso de la colonia Buenos Aires.

Armengol siguió con el negocio aun después de la muerte de Barajas.

Noriega, distribuidor de pastas en los bares de la Condesa y algunas agencias de publicidad, es su nuevo cliente.

–Está sacando el celular. Es el momento, Pollo.

Armengol baja del auto. El Pollo lo sigue. Entran al restaurante. Caminan hasta la mesa donde Noriega vocifera a su teléfono entre sorbo y sorbo de café.

Se paran a un lado.

–¿Señor Noriega? Policía judicial. Tiene una orden de aprehensión. Haga el favor de acompañarnos —dice Armengol mostrando la charola.

Noriega se queda mudo. Intenta decir algo cuando la cacha de una pistola se estrella en su cara. No alcanza a reaccionar.

Armengol lo saca a rastras de la cafetería, en medio del silencio que inunda de golpe el lugar.

–Policía judicial, policía judicial —murmura el Pollo mostrando su placa, siguiendo a su jefe.

Nadie dice nada. Un segundo después se reanudan las pláticas interrumpidas.

Sobre la mesa, el café aún humea.

–Ahora sí ya te llevó la chingada, Norieguita —dice Armengol en la patrulla.

–Hay un error, señor, yo soy actor —lloriquea el chico.

–¿Ah, sí? ¿No te llamas Rodrigo, vives en Cuencamé ca-

torce, departamento doscientos uno, tienes un Beetle verde del año y una novia argentina que se llama Mariana...?

–Que está muy buena, por cierto —acota el Pollo.

–¿Tu papá es el doctor Noriega, gastroenterólogo con un consultorio en el Pedregal; tu mamá, Teresita Zubiaga, que también tiene sus ricas nalgas, va al Sport City de Perisur y tiene una perra cocker que se llama Candy?

–¡Soy yo! ¡Pero no he hecho nada! ¿Por qué me detienen?

–No te hagas pendejo, hijo, tú vendes droga.

–Yo conozco mis derechos. Ustedes son judiciales del De Efe. No pueden investigar narcotráfico.

–¿Entonces quieres que llamemos una patrulla de la Federal? Con esos cabrones no se juega, chavo, y menos con la cantidad de droga con la que te torcimos.

–¿Qué le pasa? ¡Regístrenme! ¡No traigo nada!

–Ah, ¿no? —Armengol le lanza una bolsa de Superama al asiento trasero—. ¿Y eso?

Al ver el contenido, a Omar le huyen los colores del rostro.

–Esto... esto no es mío.

–Díselo al ministerio público. Doscientos gramos de coca. Cristal. Tachas. Aceite y psilocibina. Chochos y chocolates —dice Armengol al encender un Marlboro light.

–Lo menos, treinta años —completa el Pollo.

–En el Reclu norte. Yo me encargo.

–¿Cuánto? —pregunta Noriega.

–¿Cuánto qué?

–¿Cuánto? Por dejarme ir.

–¿Tú lo dejarías ir, Pollito?

–Ni loco, jefe. Arriesgo mi chamba.

–Es en serio. ¿Cuánto quieren?

–¿Por qué todo mundo piensa que puede arreglar sus broncas con dinero, Pollo?

–No sé, jefe.

–Puedo sacar cinco mil pesos del cajero.

Los dos policías voltean a verlo. Durante unos segundos, lo observan como si fuera un marciano. Luego estallan en carcajadas.

–¿Cómo ves al chavo, Pollo?

–Qué poco valoran su libertad algunos, jefe.

–Donde que el Reno está cabrón, Pollo. Y de mi cuenta corre que el chavo llegue bien recomendado.

–De menos, no se va a poder sentar en un mes.

–Lo bueno es que dicen que el semen es nutritivo, chavo. Porque la comida ahí es asquerosa...

–¿Cuánto quieren?

Los policías callan un momento. El Pollo maneja sobre Insurgentes hacia el sur.

–¿Cuánto? —murmura Noriega.

–Tienes un Rolex que me gusta —dice Armengol—; en tu caja fuerte.

–Junto a las mancuernillas de platino. Las que tienen esmeraldas —dice el Pollo.

–Eso, sin contar unos dolarucos que guardas al fondo de tu clóset.

–Nomás son diez mil, jefe.

–¿En la que sigue damos a la izquierda para tu calle, chavo?

Tras unos segundos, Noriega contesta:

–Una después.

En el departamento encuentran una maleta llena de

mercancía. Hay pastillas rojas, azules y amarillas, coca y cristal. Y un poco de marihuana.

–Ésta también nos la vamos a tener que llevar, chavo, no sea que te haga daño —dice Armengol.

–Sí, sí, está bien, señor —dice Noriega.

–Oye, mi Omarcillo, me gusta esta pantalla de plasma —dice el Pollo.

–Qué bonita colección de devedés —tercia Armengol.

Media hora más tarde, con la cajuela repleta, los policías se despiden del muchacho.

–Ándate con cuidado, chavo. No te vayan a volver a torcer —sermonea Armengol.

–Sí, señor.

–¿Seguro que el cheque no va a rebotar?

–Seguro, señor.

–Porque vengo y te pongo en tu madre.

–Seguro, seguro.

–Ándale pues. Ahí la vemos, chavo.

–Y gracias por el café —agrega el Pollo.

Noriega los ve subir a la patrulla y alejarse. Nunca vio la orden de aprehensión.

–Vamos a reventar esto y te invito unos tacos, Pollito.

–Sí, jefe.

–Hay que quemarlo rápido. Ya sabes que el dinero mal habido no dura.

–Es de mala suerte, jefe.

–Conozco un téibol ahí sobre el Circuito Interior al que no hemos ido, mi Pollo...

Cuadras atrás, con los ojos inyectados de furia, Omar marca el número de celular de su prima.

–¿Lizzy?

7

Viernes, diez de la noche, Alberto Suárez, copropietario de la casa de bolsa Blue Chip, seguía jugando Quake en línea en su oficina, en el piso veintiséis de la Torre Aurum, en Santa Fe.

Fue cuando escuchó ruido en el vestíbulo.

–¿Quién está ahí? —no podía ser su socio. A esa hora Óscar ya estaba en su casa de Valle de Bravo con Bárbara y los niños.

–¿Quién es? —repitió mientras abría el cajón para sacar el pequeño revólver Smith & Wesson .38 que guardaba ahí.

Un hombre corpulento de sombrero apareció en la puerta de la oficina.

–Ah, don Pancho —reconoció al guardaespaldas de su clienta por el parche de pirata que le cruzaba el rostro—, me asustó —dijo mientras guardaba la pistola.

Sin decir palabra, el guarura se deslizó dentro de la oficina. A sus espaldas apareció ella.

El cabello rojo cereza de la jefa del cártel de Constanza se derramaba sobre su cabeza en púas plastificadas. Iba vestida con un traje de látex del mismo color de su pelo

cuajado de cierres y estoperoles, diseñado por Jean-Paul Gaultier y botas Doc Martens altas.

–Lizzy... N-no te esperaba.

Ella caminó hacia él como una pantera que se aproxima a su presa. Rodeó el cuello de Alberto con sus brazos para estamparle un beso en la mejilla, dejándole la huella de sus labios marcada en negro.

–Tengo una pregunta para mi geniecito financiero —dijo la chica mientras se acomodaba en un sillón de piel color perla en el que Alberto recibía a sus clientes.

–Lo que tú quieras —al bróker siempre le ponía nervioso la presencia de la mujer. En cualquier momento podía estallar en un ataque de furia y destruir la oficina a patadas. O romper en llanto y pedir ser consolada como una niña.

–¿Hay manera de saber en qué cuenta se depositó un cheque emitido al portador?

Alberto meditó durante unos segundos.

–No desde fuera del sistema bancario.

–¿Si te doy el número?

–No de manera legal.

–Ésa nunca me ha interesado.

–Dame el número de cheque y el banco que emite.

Alberto se sentó frente a su terminal. Tecleó los datos y maniobró durante unos minutos el mouse.

–Estuvo fácil. Te doy el nombre.

Lizzy lo apuntó en una libreta de Hello Kitty. Arrancó la hoja y la ofreció a Pancho.

El gigantón, que había sido guardaespaldas de su padre hasta que éste murió en un tiroteo, tomó la papeleta y recitó la información a su radiocomunicador.

–¿No me ofreces nada de tomar, Albertito? —dijo Lizzy como ronroneando.

–¿Whisky, vodka...?

–Jack Daniels y Seven-Up.

El corredor de bolsa sirvió la bebida de inmediato. Él tomó agua mineral.

Bebieron en silencio. El ambiente era tenso.

Una voz ininteligible chisporroteó en el radiocomunicador de Pancho.

–Lo tenemos localizado, niña —dijo el guarura con la clase de voz con que hablan los zombis en la películas gore.

–Muy bien, Pancho. Ahora déjame unos minutos con Alberto.

El hombre se retiró al vestíbulo. La mujer apuró el trago y concentró su mirada en el corredor de bolsa.

–Quiero jugar, Albertito.

Minutos después, Lizzy y Alberto se sentaban frente a la computadora. Pancho vigilaba la puerta desde el vestíbulo, siempre murmurando a su radiocomunicador.

–¿Cómo te dejaron entrar al estacionamiento? —preguntó él.

–Llegué en helicóptero. Toma, te traje un regalo.

Sacó de uno de sus bolsillos una bolsita rellena de polvo blanquísimo. Los ojos de Alberto brillaron.

–Sin cortar. Un recuerdito que te traje de Medellín. A ti, que te gusta esa mierda.

Con gran habilidad, Alberto rasgó la bolsa para vaciar su contenido en una cajita de plata que guardaba junto a la pistola, otro regalo de Lizzy. Todavía le quedaba un poco de coca de la última vez.

–Muchas gracias. No era necesario —dijo al tiempo

que alineaba una raya con su tarjeta AmEx platino sobre el vidrio de su escritorio.

–De nada —respondió ausente Lizzy, observando el monitor—. Aprovéchala porque voy a dejar de hacer negocios con los colombianos. Ahora nos vamos a concentrar en las pastas.

Alberto aspiró la línea con el popote que guardaba en la caja. Sintió el levantón de inmediato.

–Poquita, porque es bendita. De veras que está buena.

–A mí nunca me ha gustado. Bueno, a lo que vine.

–Vamos a ver —dijo Alberto mientras tecleaba su código de acceso a la cuenta del Credit Suisse de Lizzy—; ¿cuánto quieres invertir?

–Mmm. Cien mil.

–¿Segura? —Alberto sorbió ruidosamente.

–Cien mil —ella endureció el tono de su voz.

–Okey, okey, no te enojes —el retiro fue apenas un pellizco a la cuenta.

–Inviértelo en dólares honkoneses.

–No es una buena idea. Se ha estado deslizando.

–Me vale. Estuve la semana pasada ahí y me gustó.

Lo hizo.

–Pásalo a yenes.

El corredor obedeció.

–Te lo dije, Lizzy. Ya perdimos...

–Un montón —soltó una carcajada—; a ver, pásalo a euros y aguantamos unos minutos.

En la puerta, el guardaespaldas parecía susurrarle palabras amorosas a su radio, que le respondía con monosílabos envueltos en chasquidos de estática que sólo él comprendía.

–¿Qué pasa si compramos rublos? —preguntó Lizzy a las dos de la mañana.

–Ya no existen.

–¿En serio? ¿Qué moneda usan en Rusia?

–Dólares. Gringos.

–¿No hay banco central?

–Bueno, sí, pero desde tiempos de Gorbachov los rublos se usan para tapizar las paredes. Es como si no existieran.

Lizzy recordó a Anatoli Dneprov, su díler de armas. Efectivamente, siempre le había pagado en dólares.

–Entonces, ¿qué otra moneda podemos comprar?

–A esta hora, dólares australianos.

Siguieron así durante dos horas.

–Albertito, estamos perdiendo mucho dinero.

"¿Estamos? Es tu lana", pensó el corredor, "yo nada más la lavo..."

–Niña —la voz terrosa de Pancho, con fuerte acento norteño, retumbó en la oficina—, tenemos que irnos.

–¿Tan rápido, Panchito? Estamos jugando taaaan a gusto.

El guardaespaldas no contestó.

Eso era un no.

–Cinco minutos, Pancho.

–Tres.

Lizzy se volvió hacia Alberto.

–Anda la Federal muy perra. Con eso de que hay nuevo procurador.

–¿Lo cambian cada dos años?

–No. Renuncian.

Lizzy se levantó, caminó hacia la puerta. A lo lejos se escuchaban un par de helicópteros.

–No cabe duda que el tiempo vuela cuando uno se divierte, Albertito. ¿Devuelves el dinero a mi cuenta?

–Sí.

Pancho se adelantó. Desde el vestíbulo le hizo una seña para que avanzara.

–Ni hablar, a veces se pierde y a veces se gana. Nos estamos viendo, Alberto.

Le lanzó un beso.

–Hasta luego —y desapareció.

–Adiós —dijo Alberto al aire.

8

CON LOS GOGGLES DEL SIMULADOR VIRTUAL PUESTOS, el Médico cambió un oxidrilo de lugar en el modelo tridimensional que flotaba frente a sus ojos.

Por fuera, el laboratorio parecía el casco abandonado de una hacienda, perdida en la sierra de Jalisco, cerca de la frontera con Colima. Por dentro era un gigantesco cubo de concreto y acero enterrado en el subsuelo.

Nadie, desde un helicóptero militar de detección de drogas, hubiera adivinado que debajo se hallaba un laboratorio bioquímico de destilación masiva de anfetaminas, con cuarenta empleados dedicados al proceso en tres turnos.

Un complejo químico industrial de ocho niveles subterráneos. Todos los procesos eran coordinados por el Médico, un sujeto blanco, calvo de cráneo rasurado, edad indefinida, siempre vestido de negro, que hablaba a gritos.

Ahora mismo, intentaba diseñar una molécula alcaloide en el moderno simulador molecular de ambiente virtual.

Buscaba un psicomimético.

Dobló un enlace para fortalecer su compuesto. Observó la molécula orgulloso.

–Simulación —murmuró al micrófono de diadema.

Processing chemical enviroment, leyó en la pantalla de los goggles. Cuando el proceso estuvo listo, la molécula pareció estable.

–Muy bien, preciosa, ésa es mi nena —murmuró, fascinado. Sin embargo, tras unos segundos, la elegante estructura formada por esferas de colores unidas por varillas de aspecto metálico comenzó a vibrar violentamente.

–No, no... —dijo el hombre, angustiado.

Antes de que pudiera hacer nada, las esferas de la molécula reventaron, descomponiéndola en varias esferitas que flotaban en el espacio.

–Demasiado frágil. Se descompone en radicales OH en apenas unos segundos —indicó a su audio bitácora, decepcionado—. Chingada madre... —añadió.

Incoming call, apareció de pronto en la pantalla de sus goggles. Dio una indicación para tomar la llamada. No necesitaba ver el identificador, sólo una persona le marcaba a ese número.

–Lizzy —dijo apenas apareció el rostro de su jefa en el monitor.

–Necesito de tu ayuda, Médico.

–¿Te duele la cabeza?

–No me vengas con pendejadas, cabrón.

–Te escucho.

Al otro lado de la línea, Lizzy veía en la pantalla de su iPhone el rostro del Médico con los goggles puestos. Ella pensó que parecía un marciano.

–Alguien nos está pisando un callo.

–¿Y a mí qué?

El Médico era el único que se atrevía a contestarle así a la jefa del cártel de Constanza. Se sabía indispensable.

Lizzy dejó escapar un suspiro, molesta.

–Es un encargo especial. Un juda.

–¿Por qué no le hablas a uno de tus sicarios? ¿Qué tal ese viejo que vive en Mazatlán?

–¿Me vas a escuchar o no?

La voz se había endurecido. Hasta el Médico conocía sus límites.

–Es una cosa seria. El tipo le hizo pasar un mal rato a alguien que quiero. No sabe con quién se metió.

–Ah… —eso despertó el interés del Médico—, ¿quieres que sufra?

–Vaya, carajo, hasta que demuestras que eres neurocirujano. Con razón te corrieron de la facultad, se me hace que eres medio pendejo.

Esta vez el irritado fue él.

–Me expulsaron —masticaba con odio cada sílaba— porque nunca comprendieron mis experimentos.

–¡No mames! —Lizzy estalló en carcajadas—, te sacaron de ahí por andar sintetizando heroína en los laboratorios de la facultad.

Silencio.

–Ya, no te enojes, Médico. Sabes que te quiero —tronó los labios dos veces, mandándole besos.

Fue el turno del hombre para suspirar.

–Sabes que no me gusta salir del laboratorio.

–Sólo esta vez. Hazme el paro. Mando por ti, te llevan hasta el aeropuerto y tomas nuestro avión. Para hoy en la noche estás en el De Efe, haces tu trabajito y en un par de días, a estas horas, ya estás de regreso.

–Odio la ciudad.

–Hazlo por mí.

Nuevo suspiro.

–¿Qué hago? Sabes que no puedo negarte nada.

–Te vas a divertir, te lo prometo.

El Médico no cambiaba su expresión molesta.

–¿Recuerdas aquella anécdota que me contaste del tipo con el que te peleaste en las islas de CU? ¿Al que le colapsaste los pulmones?

La expresión del Médico se transformó.

Sonreía.

9

–¿Se puede saber cuál es tu problema, Andrea? —truena Rubalcava frente a mi escritorio, hecho una furia.

–Yo también te quiero, capitán —le contesto sin quitar la vista de la pantalla, donde estoy jugando Doom en línea.

–Si la Federal llega al lugar de los hechos y les dicen que se larguen, lo hacen. No se ponen a alegar. Tengo una queja del capitán Gómez Darkseid.

Doy quit al juego. Esto es serio.

–Ése es un pendejo. Llegó a corrernos, jefe. Como si fuéramos unos idiotas. ¿Sabes lo que van a hacer sus peritos? Echar a perder la poca evidencia rescatable que dejaron los pitufos de Seguridad Pública. Eso era un mugrero.

–No me estás entendiendo, Mijangos. Hay una queja formal contra ti.

Silencio. En la oficina, todos alrededor nos observan.

–No son modos, jefazo —dice el Járcor desde su escritorio, donde segundos antes estaba bajando pornografía de internet—, el tipo nos trató como pendejos.

–Lo que sea, Járcor, órdenes son órdenes. Y más si

vienen de un cabrón de ésos. ¿Por qué le tienes tanto odio, Mijangos?

–Él es el que me odia. Por mi culpa lo corrieron del ejército.

–¿Le pusiste una demanda por hostigamiento sexual? —dice el pendejo del Járcor.

–Claro que no, idiota.

–Entonces, ¿qué fue? —Rubalcava está muy encabronado.

Suspiro. Aquí va de nuevo la historia.

–Yo lo mandé a la cárcel civil.

–¿Por corrupción? ¿Narcotráfico? —pregunta mi parejita.

–No, güey. Andaba pedo en su coche y se llevó de corbata a unos niños de la calle. Con tan mala suerte que yo andaba terminando mi patrulla nocturna con Bustamante.

–¿La Marrana Bustamante? ¿Uno que mataron? —mete su cuchara Milagros, una de las secretarias, que no pierde detalle de lo que platicamos en lugar de hacer su trabajo.

–Ese mismo. El caso es que Gómez Darkseid venía hasta la madre en un Grand Marquis viejo, con placas de Jalisco. Bustamante y yo circulábamos sobre el Eje Central cuando a la altura de Hidalgo vimos venir la lanchota en sentido contrario. Supusimos que era un borracho que regresaba de Garibaldi.

–¿Y lo detuvieron? —la curiosidad iba calmando a Rubalcava.

–Claro que no, se lo íbamos a dejar a unos de tránsito que estaban en la esquina de Bellas Artes. Le indicaron que se parara, pero en lugar de hacerlo dio vuelta hacia Reforma y aceleró.

–Y como siempre, los azules se quedaron sin saber qué hacer —interviene el Jar.

–Lo más probable es que pensaran que era algún influyentillo y prefirieran no hacer nada —dice el jefe.

–Lo mismo íbamos a hacer nosotros. "Déjalos, niña", me dijo Bustamante, "no tiene caso", y me cae que lo iba a obedecer, de no ser porque al dar la vuelta atropelló a dos morrillos limpiavidrios.

–¿Ahí lo detuviste?

–No, jefe. El muy culero ni se paró a ver. Sin hacerle caso a Bustamante me bajé a verlos. Uno estaba convulsionándose. "Llama a la Cruz Roja, chaparro", le ordené a uno de los azules, "pero de volada, cabrón", y me volví a trepar a la patrulla. "Pérate, niña, no te metas en pedos", alcanzó a decir Bustamante.

–Era bien zacatón. Nomás quería jubilarse —acota Milagros.

–Es que a Mijangos no le puedes tocar un niño —dice el Járcor.

Todos se ríen.

–No es broma, pendejos. ¿No tienen hijos?

Se callan.

–Yo no —aclaro—, pero tengo dos sobrinos. El asunto es que encendí la torreta y me lancé tras él. A pesar de que eran casi las tres de la mañana, en el cruce de Hidalgo y Reforma había suficientes autos como para bloquearle el paso al Grand Marquis.

–¿Ahí lo torciste? —pregunta Mauro, de Contraloría, que se acaba de unir a escuchar la historia.

–Ojalá. El tipo se colocó tras un taxi, un vocho, y lo empujó hacia la lateral sin que el del carrito pudiera hacer

nada. Apenas salió un poco, una camioneta pickup se estampó contra el taxi, llevándoselo de frente. Con el paso libre, el del Marquis se cruzó a la brava, aventando la lámina sobre los autos que cruzaban Reforma. Provocó un par de choques.

–¿Y tú te cruzaste igual, parejita?

–No pude, por el desmadre que se armó. Cuando logré llegar a la altura de Guerrero, ya iba muy adelantado. "Ya párate, niña", rogaba el marica de Bustamante. "Ni madres", le dije, "es una cuestión de orgullo", y que le meto el acelerador a fondo. Me le emparejé a la altura de la Secundaria Anexa.

–¿Iba pedo, Andrea?

–Hasta la madre, jefe. Cuando le ordené que se detuviera me pintó güevos y aceleró de nuevo. Se pasó el alto del Circuito Interior con tan mala suerte que un tráiler de la Corona que venía sobre la lateral lo pescó de la cajuela y le hizo dar un trompo. Se detuvo del otro lado de la avenida, frente al cine Cosmos, atravesado a lo largo de tres carriles; del cofre salía humo, no pensé que fuera a arrancar de nuevo. Fue cuando dije: "éste es mío", me bajé de la patrulla, desenfundé y caminé al auto.

–¿Y le dijiste "alto en nombre de la ley"?

–No mames, Jar. Venía hacia él con la pistola en alto. Antes de que pudiera decir nada, me disparó. ¿Tú crees que el pinche Bustamante me cubrió?

–Ni pensarlo —dice Milagros, indignada—, si era un cobarde.

–Puto, decimos en la Procu, doña —dice mi parejita.

–Me tiré al suelo; el tipo iba tan pasado que no hubiera sido capaz de atinarle a un elefante a dos metros. Por

lo mismo, tuvo el descaro de meter reversa y dar media vuelta para enfilar hacia el Colegio Militar. Corrí a la patrulla y arranqué tras él, en sentido contrario, no sin rementarle la madre al pinche Bustamante.

–Da igual, lo mataron dos meses después —dice el jefe.

–No se murió. Se lo cargó la chingada. Por ojete —agrega el Járcor.

–Para ese momento, ya venían tras de nosotros seis patrullas de la SSP, dos de las nuestras y varios de los coches que habían chocado por su culpa. Fue cuando me cayó el veinte de que el desgraciado tenía que ser un oficial del ejército, que lo que quería era meterse al Colegio Militar. Ahí nos la íbamos a pelar.

–¿Iba de uniforme?

–Nel, jefe, de civil. Luego supe que venía de La Nueva Internacional, en Garibaldi, donde había armado un desmadre por no pagar la cuenta de unas pirujas con las que había estado fichando. Sacó el cuete y echó unos tiros en medio del congal antes de pelarse en sentido contrario sobre Lázaro Cárdenas.

–Lo mejor es cómo evitaste que se te escapara. Cuéntales, parejita.

–Ya iba muy encabronada. Al tipo le valía madres, se iba a clavar al Colegio y no lo iba a sacar ni Dios. Fue en ese momento que le dije a Bustamante: "Agarra el volante, cabrón". "Pero vamos a más de cien, niña." "Que lo agarres, te digo", y me salí por la ventana.

–¿Te costó trabajo? —pregunta Mauro, con genuina curiosidad. Nomás por eso no le parto el hocico, porque todos sueltan la carcajada, y prosigo:

–Y sin pensarlo, le disparé a las llantas. Todo fue muy

rápido. Volaron en pedazos, el tipo perdió el control y se estrelló sobre la barda del Colegio, a unos metros de la entrada. Yo regresé al volante apenas para frenar, cerrándole el paso, aunque dudo que hubiera podido volver a arrancar. Me le planté enfrente. "Ya te llevó el carajo", le grité, apuntándole. A mis espaldas oí las patrullas de los azules y las nuestras llegar. Pero más se tardaron en bajar de ellas que la guardia militar del Colegio nos encañonara. Antes de darme cuenta estaba en medio de dos fuegos.

–No mames, parejita, como de *La ley y el orden.* O *Miami Vice.*

–Entonces se armó el gran desmadre. Todos gritaban, con sus armas en las manos. En cualquier momento se les iba a soltar un tiro, y entonces sí valdría madres. Les grité que se callaran...

–Casi no te cuesta trabajo, Andrea.

–Si no, ¿cómo, jefe? Y saqué a putazos al tipo del coche. Imagine mi sorpresa al saber que ese chaparrito era un capitán pesado del ejército. Los militares no querían dejárnoslo, pero como lo había detenido fuera de sus instalaciones, se la pelaron y que lo trepo a la patrulla. Aun así, el cabrón tiraba putazos.

–Ese chaparrito... ¿era Gómez Darkseid?

–Exacto, jefe. Yo no sabía que tenía tan alto rango, a lo mejor no me lo hubiera llevado, pero lo de los niños atropellados sí me prendió. Uno de ellos se murió, por lo que al cabrón lo desaforaron y tuvo que aventarse dos años en el bote. No volví a saber de él hasta que hace poco se reinsertó en la Federal.

–Lo exoneraron, parejita. Algún palancón con el juez.

–Uno de los meros jefazos es su compadre, Andrea.

Son compañeros de generación del Colegio Militar. Sólo así se explica.

–Vale madres, jefe...

–Son cosas que pasan.

–Ésa es la historia, jefe. Por eso nos odiamos a muerte. Sí me daban ganas de pegarle un balazo por pasado de lanza, pero tenía muy fresco el muertito de la lavandería. No quería pedos.

–Pues yo tampoco —reemprende su regaño Rubalcava mientras los que se juntaron a escuchar mi historia vuelven a sus lugares—, así que bájale de güevos, aunque no tengas, Andrea. Mantente fuera del camino de Gómez Darkseid, porque anda buscando cómo chingarte y lo va a hacer en la primera oportunidad que tenga. ¿Entendido?

–Sí, jefe —murmuro, encabronada.

–Y todos ustedes —grita Rubalcava a mi fugaz público—, ¿no tienen nada que hacer? ¡Órale, cabrones, a trabajar!

Lo escucho murmurar: "Por eso México no avanza", antes de azotar la puerta de su oficina. Vuelvo a iniciar la máquina para jugar Doom con mi coraje atravesado cuando llega Leonardo a mi escritorio.

–Te tengo una sorpresa, Andrea.

–No estés chingando, no ando de humor.

Leo baja la voz y me dice:

–¿No quieres ver el video del circuito cerrado del laboratorio Cubilsa?

Cuando ve mis ojos abrirse como platos, guiña un ojo y agrega en un murmullo:

–Me lo chingué hoy en la mañana. No les iba a facilitar la chamba a los de la Federal.

10

Akira lleva dos horas mirando la pantalla de la televisión. Pinche japonés, se ve que nunca había fumado mota afgana.

Druuna se desviste lentamente. Lleva sus calzoncitos rojos del Gato Félix. Sabe que me encantan, por eso siempre los trae cuando viene a verme.

–¿Te gusta? —pregunta.

–Está bien —le contesto distraído mientras reviso el mensajito que llegó a mi celular. Para entonces ella ya me bajó la bragueta y se dedica a lo suyo.

"Necesitamos seis niñas", dice el mensaje de mi teléfono. Contesto que nos vemos en la esquina de Beak y Warwick dentro de una hora. Que lleven treinta libras, y me vuelvo a concentrar en lo que hacen los labios de Druuna allá abajo.

Druuna es italiana. Llegó a trabajar de mesera en una disco. Igual que todos nosotros. Menos Akira, que debe ser millonario porque lleva seis meses en nuestro departamento fumando mota y viendo el Cartoon Network.

La conocí en un after, cerca de Piccadilly Circus. Yo iba con Ian y Michelle. Me sorprendió que fuera tan flaca y tuviera tetas tan grandes.

Se acercó a acariciar mis rastas en la barra cuando le pedí dos botellas de agua mineral. "I like 'em", me dijo. Como buena yonketa, huele las drogas a distancia.

Ese día andábamos bien pastillos.

Ian se andaba tirando a Michelle, así que se cortaron pronto para venirse a la casa a coger. Yo tenía ganas de seguir reventando.

"Salgo a las cinco", me dijo Druuna. Tenía una fiesta cerca de Earl's Court.

Resultaron ser puros inmigrantes. Como yo. Italianos, españoles, unas polacas buenísimas y un mexicano. Luego luego nos reconocimos. "Qué pedo, güey, ¿qué haces?" "No, pus nada, compa, aquí nomás venadeando."

Traía coca de la buena.

El morro resultó llamarse Omar. Era de Mazatlán. Andaba dando el rol de mochilazo. Venía de Ámsterdam. Andaba pinchando discos. Era buen DJ. Había aprendido a poner música en el Señor Frog's.

Estuvo mezclando algo de progressive trance con un poquito de goa. Luego le atoró al house para despertar a la raza.

A las siete de la mañana conectó su iPod y les aventó un set de narcocorridos mezclado con una base rítmica de psycho. Ahí tienes a los pinches güerillos salte y salte con los Tucanes de Tijuana y el supergrupo Marrano. "Ésta nunca falla, compa", me dijo mientras nos dábamos unos pases. Druuna ya estaba muy puesta, nomás se reía de todo lo que decíamos, aunque no entendiera ni madres.

Acabamos a las nueve los tres en mi departamento. En mi cama.

Era agradecido el Omar. Me dejó el conecte de un primo suyo que surtía mercancía al mayoreo. "Pinches pastas mexicanas, son de la verga", le dije. "No te creas, morrillo, andan haciendo cosas acá chilas. Se anda poniendo la pila la racilla."

Druuna, por su parte, también era agradecida. Ella pagaba con cuerpomático.

Por aquellos días Michelle se mudó de departamento y llegó a vivir Hrundi con nosotros. Pero pinches morenitos son bien puercos y lo tuvimos que correr.

El primo de Omar era otro bato de Sinaloa, de no sé qué pinche pueblito culero. "¿Y usté de dóndes, mijo?", me preguntó. Era acá rucón, ya de unos treinta. Artista, vivía cerca del Soho. "Yo, de Guanatos", le dije.

Vivía en un flat muy chingón, todo pintado de negro. Las paredes y el piso, los muebles y hasta el pinche sistema de sonido eran de ese color. Tenía colgadas unas fotos gigantes de puras cosas raras.

Era fotógrafo.

"¿Y qué anda haciendo por acá, mijo?" "No, pos ando de mesero." "Órale, ¿en qué antro?" "No, pos en el Gojira-Shon." "Ah, qué chilo. ¿Está a gusto?" "No, pos sí, el otro día fue Madonna." "La Madonna, que dejó al Guy ese, qué bueno, mijo, qué bueno", y me sirvió otro poco de tequila. Me dijo que era del efectivo, de mi tierra, de Jalisco. Estaba bueno, no como los miados de Cuervo que es lo único que venden por acá.

Me puso otra rayita. Nunca me había metido coca tan buena como la de esta familia.

"¿Y no le gustaría ganarse una feria, mijo? Ando introduciendo un producto nuevo. Necesito agentes de ventas."

Nos reímos. "No, pos sí, ¿qué tengo que hacer?" "Usté nomás distribuye. Me paga lo del costo y se queda con el resto. El precio lo pone usté, nomás no se pase de verga."

De veras que la chingadera salía buena. Yo no quise probarla luego luego, le di primero a Druuna, que se puso bien loca. "This is it, this is it, luv", gritaba mientras se la metía de a perrito.

Como no se murió, la empecé a conectar en el bar. No era la primera vez que vendía. En Guanatos burreaba mota, me la daban en el centro y la llevaba en moto hasta Chapala, con unos gringos, pero un día me torcieron unos federales y me quitaron todo. Pinches ojetes.

Akira contestó un anuncio que pusimos en la *Time Out*. Venía llegando de Hiroshima quesque a estudiar administración. "No mames, ¿a poco todavía existe Hiroshima?", le pregunté. "No, pos que sí", me dijo. Luego luego que llegó el pinche Ian le forjó un marranote de la mota que le traían de Afganistán. A mí ya no me gusta la pacheca, pero la neta es que esa pinche grifa pone cabrón. Más que la de Acapulco o la de Michoacán. Se han de mear encima o sabe qué madre le echen.

Mientras tanto yo seguía conectando las pastillitas. "¿Y cómo se llama esto?", le pregunté al primo del Omar. "No, pos que se llama Nuke, Buzztard, Efedrona, como tú quieras", me dijo.

Aunque la Druuna no se murió, no me metí la chingadera luego luego, anduve limpio unos meses porque al Didier, un negrito haitiano que trabajaba con nosotros en el bar lo atropelló una camioneta sobre Albany Road, frente a Burgess Park, por venir bien puestote. Lo hizo cagada.

Esas cosas sí acalambran.

La chingadera vendía bien. A todo mundo le gustaba. Yo le pagaba puntual al primo del Omar. Él de vez en cuando me regalaba perico o tequila. Hasta un día en que lo fui a ver y me encontré con que se había suicidado. Según la vecina de enfrente, una viejita, el bato se prendió fuego y se lanzó por la ventana, diciendo que tenía arañas por todo el cuerpo.

Más tardaron en enterrarlo que en que aparecieran unos rumanos que andaban conectando la chingadera en Londres. Vivían en Hounslow, cerca de Heathrow, como quince güeyes amontonados en un flat. La neta sí me daba culo irlos a ver, eran cabrones bien rudos.

Una vez me recibieron con un culero amarrado en la sala al que le estaban clavando agujas que calentaban con una vela. Estaba amordazado.

"¿Qué hizo este cabrón?", les pregunté. "No, pos nos quedó a deber", me dijeron. Luego resultó que la chingadera la metían por Dover, la traían en unos cargueros de café que venían de Tampico. Pero la neta, muchas ganas de trabajar con esos batos no me quedaron. Por eso agradecí el día que apareció el chileno.

Era un morro fresón, hijo de un profesor del King's College que conseguía la chingadera por otro lado. Me daba más caro, pero no torturaba a nadie en la sala de su casa.

Para entonces la Druuna, pinche italiana, ya andaba bien enganchada. Seguía mesereando pero todo todo se lo gastaba en el Nuke. A veces me daban ganas de negársela, de decirle: "No, pos nel, no me han surtido", pero en cuanto ella me bajaba la bragueta para pagarme en especie me convencía.

Como hoy, que con todo y el pinche frío llegó vestida de colegiala japonesa y se encueró en el comedor, sin importarle que Akira estuviera viendo la tele. Lo bueno que Ian anda de viaje con su noviecita canadiense por Vietnam.

Creo que a Akira tampoco le importó que me la cogiera sobre la mesa.

Se me hace que hoy Druuna sí se ganó su propina.

11

Ningún visitante hubiera imaginado que apenas unos años antes la zona que ahora ocupan rascacielos y edificios corporativos era un basurero pestilente poblado por pepenadores que escarbaban entre las toneladas de desechos de la ciudad.

–Esto parece Toronto —dijo en la limo blindada Iménez, uno de los colombianos, al Paisano.

–Éit —respondió el sinaloense. Era el único del vehículo que no parecía hombre de negocios. El traje de piel de jirafa competía por la atención de quien lo observara contra las rastas que se derramaban sobre sus hombros, escapando del sombrero Stetson de fieltro negro.

"¿Tocas en una banda?", solían preguntarle cuando aparecía en alguna disco. "Cantaba con Los Hijos de la Bestia, pero ahora soy solista", mentía divertido.

Ahora venía como mediador entre los colombianos y Lizzy, su ahijada, quien había quedado al frente de los negocios tras la muerte de su padre, don Eliseo Zubiaga, compadre del Paisano.

A diferencia del papá, Lizzy tenía una empresa dedicada

a blanquear el dinero de sus operaciones subterráneas, la Media Development Associates.

Sus oficinas ocupaban el último piso de un edificio de acero y cristal que semejaba un gigantesco robot de la caricatura japonesa Macross.

El silencio, tenso, llenaba la limo. El Paisano jugueteaba con su iPod mientras Iménez, el líder de los sudamericanos, revisaba sus mails desde una Blackberry.

Frente a ellos, una Suburban llena de guaruras mexicanos abría el paso. Detrás, otra repleta de sicarios colombianos cubría la retaguardia.

–Ya llegamos —dijo por romper el hielo el Paisano cuando el auto entró al estacionamiento por una de las patas del robot.

Los escoltas se adelantaron para revisar que el área estuviera libre. Cada escuadrón peinó la zona meticulosamente, comunicándose por radio y celulares. Cuando no hubo duda de que era seguro, los seis colombianos y el Paisano avanzaron por el hall hacia el elevador vip de las oficinas de la MDA. "¿Quién es ése?", murmuraban las recepcionistas del edificio.

Subieron los treinta pisos sin decir nada, con las notas de la música ambiental revoloteando entre sus orejas. Cuando se abrió la puerta se sorprendieron por la decoración minimalista de la oficina.

La iluminación indirecta sobre los muros, pintados en una suave gama verdiazul, evocaban la sensación de un acuario. Una gran cantidad de plantas eran irrigadas por un circuito que recorría la oficina como un riachuelo. El murmullo daba un ambiente de serena tranquilidad.

Por ello resultaba una sorpresa encontrar en la recepción varias piezas de la tenebrosa colección de arte de Lizzy que desentonaban con el resto del lugar.

Una foto llamó especialmente la atención de Iménez, la imagen de un anciano empujándose con un martillo un clavo por la nariz.

–Mejor no pregunto, ¿ah? —susurró a Wílmer, su asistente.

–No. Mejor no lo haga.

Una rubia salió de la nada, caminando hacia los visitantes.

–Señor, encantada —saludó Bonnie, la secretaria, al Paisano.

–Mija, ¿cómo estás? —le dio un beso en la mejilla a la chica—. ¿Está mi ahijada?

–Los está esperando, síganme.

Los siete hombres avanzaron tras la mujer. Ni uno de ellos dejó de untarle la mirada en el trasero. Bonnie abrió las puertas de una sala de juntas donde los esperaba una mesa para cuarenta personas.

–Bienvenidos. La señorita estará con ustedes en unos minutos. ¿Algo de tomar?

Pidieron agua, café, té. El Paisano prefirió un Jack Daniels con Seven-Up. Un vicio que le había pegado a su ahijada.

–¿No es un poco temprano? —preguntó Iménez.

–Al último que me preguntó eso le volé la nariz de un tiro —dijo el sinaloense.

Rieron.

Bonnie, que parecía más una modelo de comerciales que una secretaria, sirvió las bebidas de una charola.

Sonreía coqueta mientras contoneaba las caderas. Después salió, dejando un discreto aroma de Touch of Pink.

Esperaron unos minutos, observando los cuadros que colgaban de los muros. Eran imágenes de los enanos de Blancanieves y Bambi, dibujados con la destreza de un niño de primaria que copiara un cromo.

Quince minutos después, precedida por Pancho, su guarura tuerto, Lizzy entró a la sala de juntas. A los colombianos les sorprendió lo joven que era. Ninguno de ellos resistió atisbar por al menos unos segundos el fondo de su escote.

Pancho era el único que iba armado en la sala.

Lizzy llevaba el cabello de color magenta en dos colas, contrastando con el traje cruzado color pólvora que hubiera matado de la envidia a Robert Mitchum.

–Padrino —saludó con un beso en la mejilla al Paisano.

–Mija. ¿Ya conoces a los señores?

Se hicieron las presentaciones, tras lo cual Lizzy se sentó en la cabecera.

–¿Quién pintó esto? —preguntó Iménez, señalando uno de los toscos personajes de Disney.

–John Wayne Gacy —dijo la mujer con una sonrisa helada—, pero debo reconocer que era mejor payaso que artista.

Festejó sola su chiste.

–Con que, vayamos al grano.

Tomó aire para hablar. Todos sostuvieron por un momento la respiración. Incluido el Paisano.

–No requerimos más de sus servicios —espetó—. Pueden considerar disuelta nuestra asociación —agregó antes de que los presentes hubieran asimilado la primera frase.

Los seis colombianos se quedaron boquiabiertos. Incluso se podía leer la sorpresa en el rostro del Paisano detrás de sus lentes de espejo.

–Mija, ¿de qué se trata? Hemos sido socios comerciales con nuestros hermanos por casi veinte años. Tu padre...

–Mi padre —el tono se endureció aún más; parecía que Lizzy hablara desde un glaciar— está muerto, padrino. Soy yo ahora quien toma las decisiones.

Roció a sus visitantes con una mirada de hielo. Luego continuó:

–Tradicionalmente ustedes producen la mercancía y la traen a nuestro país. Nosotros la llevamos sana y salva a la frontera. Ustedes nos pagan en especie. Distribuimos en nuestras calles. Los gringos la llevan de San Diego o Brownsville hasta Chicago y Nueva York. Todos somos muy felices.

Por primera vez sonrió. Parecía aún más fiera.

–Eso se acabó. Su producto nos resulta cada vez menos costeable. Los riesgos de la operación, así como el inevitable aumento de sus precios, han reducido dramáticamente la relación costo-beneficio que hizo de ustedes una atractiva inversión durante los últimos veinte años.

Calló para medir el efecto de sus palabras. Gozó en silencio la incredulidad de los rostros que la observaban. Remató como un martillo neumático:

–Señores, el cártel de Constanza, ahora bajo mi dirección, se sale del negocio de la cocaína. Ya no nos es rentable.

Los siete hombres estallaron en reclamaciones.

–Mija, ¿estás loca? ¿Qué crees que estás haciendo? —logró hacerse distinguir el Paisano entre las voces de los colombianos. Los ánimos iban caldeándose.

–Ahora, si me permiten... —Lizzy oprimió un botón en su iPhone.

Una pantalla se desenrolló desde el techo para proyectar una presentación de PowerPoint.

–Les mostraré la nueva diversificación de productos que Media Development Associates ha venido desarrollando en nuestros laboratorios de Jalisco. Estoy segura de que al terminar de ver esto, incluso ustedes estarán interesados en virar hacia el mercado emergente de las metanfetaminas.

Lizzy no se equivocó. A los quince minutos todos observaban atentos las gráficas que explicaban los aumentos del costo de producción de los opiáceos contra los precios ridículos de las drogas de diseñador.

Veinte minutos más tarde, Lizzy mantenía a su público atento a su exposición sobre las infinitas posibilidades de recombinaciones químicas que podían lograrse en sus laboratorios.

Una hora después, la reina del cártel de Constanza redefinía las relaciones comerciales con sus socios sudamericanos.

El Paisano, desde su silla, sonreía orgulloso.

"Ésa es mija."

12

Hubo un tiempo en que el Médico tuvo un nombre.

Antes de que decidiera estudiar medicina. Antes de que siquiera aprendiera a balancear sus primeras ecuaciones.

Hoy ese nombre no importa. No significa nada. Esa persona, si alguna vez existió, es sólo un recuerdo.

Sin embargo, hubo un tiempo, antes de los experimentos con perros y de las clases de farmacología, antes de hundir por primera vez el bisturí en un cuerpo palpitante, antes aun de los experimentos y las sustancias ilegales, antes de todo ello, hubo un tiempo en que el Médico fue niño.

Poco recuerda de entonces. Poco le interesa rememorar. Pero siempre vuelve al bebé.

Al hijo de la criada, al niño que lloraba en uno de los cuartos de servicio de la casa de sus padres.

Al llanto que lo atrajo, interrumpiendo sus juegos solitarios en el jardín.

Al niño que la mamá dejaba llorar mientras ella se afanaba tendiendo camas y sacudiendo sábanas.

El Médico, el niño que habría de convertirse en el Médico, llegó hasta los cuartos de servicio, en el fondo de la

casa de sus padres, donde tres o cuatro recámaras albergaban un pequeño ejército de criadas.

Lo observó fascinado. Recorrió la frágil anatomía del bebé desde los pies diminutos hasta los delicados dedos que coronaban las manitas. Del laberinto de las orejas hasta la naricita en el centro del rostro.

Fue cuando se detuvo en la boca. En ese agujero de carne del que brotaba el berrido que lo había atraído.

Observó al niño llorar durante varios minutos, su fascinación infantil crecía a cada instante. Se maravilló de la perfecta reproducción a escala de un humano. Acarició las mejillas del bebé con las yemas de los dedos. Jugueteó con la naricilla del niño.

En ese momento tuvo la idea. Obstruyó las fosas nasales unos segundos, hasta que el niño comenzó a manotear. Retiró sus dedos. Dejó que el bebé respirara un poco. Volvió a taparle la nariz.

Repitió su juego varias veces.

El niño que habría de convertirse en el Médico sonrió. Había descubierto un nuevo juguete.

Cuando semanas después el bebé apareció sin vida, el doctor que emitió el acta de defunción determinó que el niño había muerto durante el sueño. No consideró necesario practicar una autopsia.

De haberlo hecho, habría encontrado una canica en la tráquea del bebé.

13

En el Laboratorio de Periciales, el Járcor observa con atención el video en la computadora de Leonardo.

–Hijos de su... —murmura, con la mirada plantada en la pantalla.

–¿A poco no está cabrón, güey? —dice León cuando entramos juntos.

–Deja ver —y me siento al lado del Jar.

–Permíteme te lo regreso, parejita.

La pantalla, dividida en cuatro, muestra imágenes de baja resolución de los pasillos desiertos del laboratorio Cubilsa. Cambian cada seis segundos.

–Cuando llegamos, lo primero que hice fue bajar el video de la red central del laboratorio —explica León, orgulloso—; se supone que éste es material confidencial que sólo pueden recuperar los técnicos de la compañía de seguridad.

–Pero una visita a Plaza Meave y te la pelan, ¿no?

–Así ex, mi Járcor. Lo hago siempre que hay circuito cerrado. Nomás bajo la grabación a mi laptop. Hay que hacerlo de volón por si pasan cosas como la de hoy. En lo

que la Federal nos desalojaba se terminaron de copiar las grabaciones de las últimas doce horas.

De pronto, las cuatro imágenes de la pantalla son sustituidas por otras. En ellas se pueden ver unas sombras negras que se deslizan borrosas por los pasillos.

–¿Qué pasó ahí?

–Así funcionan los circuitos cerrados. Hacen un barrido de imágenes cada dos minutos, de manera que puedas estar viendo toda la instalación en una sola pantalla. Si no, imagínate, necesitarías un friego de computadoras.

–¿Qué son esas siluetas? —pregunto.

–Aquí está lo interesante —dice León y congela la imagen con un clic del mouse—. Observa la hora, aquí abajo.

–Las 23:57.

–El cambio de turno era justo a las doce —comenta el Jar.

–Exacto. Antes de eso, el video es muy tranquilo. No sucede nada, ves pasar a los guardias haciendo sus rondines, y nada más. De repente, aparecen estas figuras.

Señala en la pantalla. La imagen es mala, sólo se distinguen unos bultos negros que me hacen pensar en hombres lobo. No se lo digo, me van a tirar de a loca.

–¿No vieron esta película de *Aullido*? —dice el Járcor.

–A güevo. Éstos se parecen a los hombres lobo de esa peli —dice León, emocionado—; de niño me cagué de miedo cuando la vi.

–No sean pendejos. No existen los hombres lobo.

–Claro que no, deja le avanzo tantito. Ni te imaginas.

Desliza la barra de tiempo con el mouse hacia la derecha. Los cuadros se van sucediendo burdamente.

–Es... aquí.

En la pantalla se ve claramente a un gorila observando a la cámara.

–No mames —digo sin dirigirme a nadie en particular.

–Eso no es nada, Andrea —y adelanta el video otro poco hasta que da con otro chango levantando una escopeta hacia uno de los guardias.

En el siguiente cuadro, el guardia yace tirado en el piso, con la cabeza reventada.

–He estado observando con mucho cuidado la grabación. Fue un comando de seis gorilas. Uno por cada guardia. Por lo visto tenían una idea muy clara del movimiento del laboratorio, porque cada uno fue directo a eliminar a su policía auxiliar.

En la pantalla se van sucediendo las secuencias de los asesinatos, como una fotonovela mal producida. Imágenes muy tenebrosas.

–Seguramente tenían intervenidos sus radios —comenta el Járcor.

–Pero ¿por qué disfrazados de gorilas? No entiendo.

–¿No te cagarías de miedo si se te apareciera un gorila con escopeta a media noche, parejita?

–Y en patines, Andrea.

El Jar y yo debemos de vernos muy sorprendidos porque Leo añade:

–Sí, se movieron por todo el laboratorio en patines —adelanta otro poco más. Ahora el reloj indica las 00:18—. Aquí puedes ver cómo se quitan los patines, después de que eliminaron a los seis guardias.

–Más los de la camioneta —acoto—; aunque a ésos los mataron a navajazos.

–Y entonces estos mismos cabrones, disfrazados de gorilas, van y suben a un montacargas la famosa seudoefedrina. Mira, aquí lo puedes ver, y la llevan al exterior del laboratorio, donde supongo que había un camión en el que se la llevaron, pero ahí sí se las debo porque el circuito de cámaras no incluía el exterior.

–Sólo había una cámara en la caseta de vigilancia, eso sí lo alcancé a ver —dice mi parejita.

–Es lo que hay, muchachos —dice León, frustrado—. No nos dieron tiempo ni de hacer la balística. Alcanzamos a señalar algunos casquillos y tomar algunas fotos. Con eso no se puede trabajar.

–No importa, León —digo mientras me levanto—, de cualquier manera ya no es nuestro caso.

–Vale madre —murmura el Járcor.

–¿Qué clase de pendejo planea un robo así? —dice León con la mirada fija en el monitor.

–Pues obvio, un narco —dice el Járcor.

–Claro. Pero es un procedimiento muy extraño. Al principio pensé que sería un golpe de algún cártel, pero no tiene su estilo. Esto es muy refinado.

–Casi como una coreografía —digo.

–Ándale, Andrea, como *El lago de los cisnes*, en drogas. Con gorilas.

Los tres nos reímos del chiste del Járcor.

Aunque no es gracioso.

14

AFUERA EL CIELO LÍQUIDO SE DERRAMA SOBRE PARÍS la ciudad gira enloquecida alrededor de las puertas del club adentro truena el beat en los oídos de julie puede sentir los beats retumbar en su caja torácica el ritmo estroboscópico de las luces la marea sus manos están empapadas emanan un sudor helado sus pupilas dilatadas duelen cada que estallan las luces sincronizadas con los graves ¿cómo va eso? pregunta vincent a un lado de ella pero julie está muy lejos de ahí no debió esnifar el polvo que les ofrecieron en la entrada que c'est ça merde? preguntó vincent glace contestó el díler sacudiendo la pequeña bolsita resellable droga mexicana de primera ¿quieres o no? ¿cuánto? doce euros pagan y entran por turnos al baño el rush llega unos minutos después de meterse la mierda por la nariz ya puesta ella se concentra en las rastas que descienden desde la cabeza del chico hasta la mitad de la espalda después de todo este tiempo se sigue asombrando del color de su piel vincent es hijo de migrantes argelinos cuando era niña su madre estudiaba aún la carrera de traducción todas la tardes julie llegaba sola del liceo se calentaba la comida y

hacía su tarea a veces mamá llegaba después de que la niña se acostaba trabajaba medio turno de cajera en un carrefour en la universidad su mamá se hizo de un novio monsieur m'bow se llamaba se pronunciaba ombú era un príncipe africano en el exilio al menos eso decía estudiaba letras modernas en la sorbonne estaba loco por su mamá ella no lo tomaba muy en serio a veces julie los escuchaba llegar por la noche después del trabajo de mamá la niña fingía dormir ¿qué voy a hacer en el áfrica? le decía entre carcajadas mamá a ombú serás la reina de mi pueblo gobernarás sobre casi tres millones de habitantes tendremos una boda fastuosa miles vendrán a adorarte desde todos los rincones de mi reino le contestaba el negro entre carcajadas y el aroma picante de un churro de mota muchos años después julie reconoció ese aroma a las afueras de un concierto de bloc party en el bataclán cuando se dio su primer toque ¿estás bien? pregunta vincent estás temblando ella sólo alcanza a abrazarlo y lamerle las mejillas ¿tu piel es de chocolate? le preguntó a ombú el día que lo conoció claro que no respondió el príncipe ¿puedo probar tus mejillas? dijo la niña de ocho años por supuesto contestó el futuro monarca con su cerrado acento del sur de áfrica julie lamió sus mejillas pero igual que las de vincent no sabían a chocolate ombú desapareció su mamá jamás se hizo reina de ningún país africano desde entonces julie ha tenido cuatro papás ¿estás bien julie? ¿me oyes? le grita vincent mientras la sacude entre sus brazos yo esperaba que las mejillas de los negros supieran a chocolate piensa julie del mismo modo en que esperaba pasársela bien con vincent en la disco algo salió mal ella quisiera calmar a su

novio le preocupa la angustia en la mirada de vincent sus hermosos ojos de negro a ella le gustaría contestarle que está bien que no se preocupe pero es muy difícil hacerlo tirada en el suelo mientras vomita.

15

INFORME DE ACTIVIDADES:

A las siete horas, el sujeto observado salió de su casa.

Caminó hasta el parque, a dos cuadras de su domicilio, en donde hizo calentamiento muscular antes de correr tres vueltas al perímetro del área verde.

Al filo de las siete treinta horas, el sujeto dejó de hacer ejercicio. Caminó de nuevo hacia su casa. En la ruta, se detuvo en un puesto de jugos, donde ordenó un chocomilk con dos huevos. Lo bebió de un trago, pagó el consumo y prosiguió su camino.

Entró de nuevo a su domicilio, sito sobre la calle de Saratoga, de donde previamente su esposa y los dos niños salieron para el trabajo y la escuela. El sujeto fue observado rasurándose antes de darse una ducha y vestirse de saco y corbata.

A las nueve horas, el hombre identificado como su acompañante pasó a recogerlo en una patrulla de la Policía Judicial del Distrito Federal. Enfilaron hacia la Procuraduría, accionando en el camino la sirena para que les abrieran el paso por el Viaducto, sin que hubiera ninguna razón aparente para que hicieran tal cosa.

Hacia las nueve y media el sujeto se instaló en su escritorio, en el sexto piso del edificio de la Procuraduría. Pidió a la mujer identificada como su secretaria que le sirviera un café, que bebió a sorbos al tiempo que leía el periódico *Metro*. Resaltó algunas de las noticias del diario, tomó notas en un cuadernillo, terminó de beber el café, pidió una segunda taza y encendió su computadora.

Revisó su correo electrónico. Contestó un par de e-mails. Hacia las once de la mañana llamó por la extensión al hombre identificado como su acompañante, que trabaja dos pisos abajo. Lo citó en un puesto de comida sobre la calle de Niños Héroes y diez minutos después ambos engullían tacos de guisado acompañados por sendas botellas de Titán de grosella.

El sujeto comió dos tacos de chicharrón en salsa verde, uno de ejote con huevo y otro de cerdo con verdolagas.

No pagó la cuenta, pidió a la mujer del puesto que se los apuntara. Tampoco dejó propina.

A las doce y media del día su superior inmediato lo mandó llamar a su privado. Platicaron sobre una conocida mutua, una ciudadana cubana que labora en un table dance de la colonia Obrera (ver informe correspondiente a la primera semana de este mes) a la que ambos textualmente dijeron que deseaban vulcanizar. Tras quince minutos de plática social, el superior preguntó por los avances sobre las investigaciones de tres casos comisionados al sujeto.

Respecto al primero de ellos, dijo estar tras la pista de una banda venezolana de clonadores de cajeros automáticos. Comentó con su superior sobre el extraño modus operandi de las personas investigadas, quienes mandan

fabricar caretas falsas de cajeros bancarios para clonar tarjetas de crédito. Ante la pregunta del superior respecto a la identidad de los miembros de dicha banda, el sujeto contestó encogiéndose de hombros.

El segundo, la desaparición de un león de una bodega de Correo Mayor, mascota de un empresario libanés del ramo textil, arrancó una carcajada a ambos hombres. El sujeto dijo sentirse molesto por verse obligado a investigar la desaparición de un animal. El superior le recordó que el agraviado era compadre del procurador, que eran órdenes que venían de muy arriba y que no se discutían. El sujeto, refunfuñando, comentó que tenía a su gente haciendo pesquisas en el mercado de Sonora, entre los marchantes de animales exóticos. Agregó en voz baja que en lo que a él concernía, al animal ya lo podían haber convertido en carnitas los pepenadores de la Merced.

El tono de la conversación iba haciéndose progresivamente más espinoso.

El tercer asunto fue el más ríspido entre ambos.

El superior preguntó al sujeto sobre la presunta distribución de drogas en un departamento de la calle de Gutenberg, cerca de Polanco. Hizo una revisión al expediente y comentó que no le quedaba duda de que ahí había una tiendita, sin embargo le recordó al sujeto que los asuntos del narcotráfico rebasaban las atribuciones de la procuraduría local, que meterse en ello era invadir las funciones de las agencias federales.

El sujeto dijo saber perfectamente de qué le hablaba su superior, que no era tonto. Comentó que continuaba con la investigación para poder turnar el caso a la Federal en

caso de comprobar que había sustancia en el asunto. El superior contestó con un gruñido e instó al sujeto a ocuparse de otros casos que se abultaban en el escritorio del sujeto.

El sujeto insinuó que no por ser su superior iba a decirle qué tenía que investigar y le pidió que no se le olvidara que habían salido juntos de la academia y que si él mismo no se quedó con el puesto era debido a un puntaje de décimas en el examen de oposición. El superior estaba a punto de replicar cuando sonó su celular.

Contestó con un par de monosílabos. Se disculpó con el sujeto, diciendo que era requerido por la oficina del coordinador zonal para Iztapalapa y salió de la oficina. Comprobaciones posteriores demostraron que al superior le llamaban del table dance de la Obrera previamente referido para decirle que la ciudadana cubana lo esperaba a comer en media hora.

Los dos hombres se despidieron con frialdad.

La reunión terminó a la una y media de la tarde. El sujeto respondió otra ronda de mails para a las catorce horas salir de su oficina y reunirse con el hombre identificado como su acompañante.

Fueron en la patrulla hasta una marisquería del mercado Hidalgo donde comieron. El sujeto pidió tres pescaditos rebozados, un ceviche y coctel de abulón, acompañado de una cerveza Dos Equis. De postre solicitó un flan napolitano.

Al salir del mercado, la pareja enfiló por la avenida Chapultepec, dieron vuelta en Lieja, cruzaron Circuito Interior por el túnel para llegar a Leibniz, hasta Gutenberg, en donde viraron a la derecha.

En la esquina de la calle mencionada con Herodoto interceptaron a un sujeto joven, de aspecto estrafalario, al que subieron a la patrulla argumentando una inspección rutinaria. El joven se resistió, por lo que el sujeto le propinó una patada en la entrepierna antes de arrastrarlo hacia la patrulla.

En el interior del vehículo, un breve registro reveló que el joven llevaba una grapa de coca. El sujeto amenazó al joven con llevarlo a la delegación por posesión de drogas. El joven, visiblemente temeroso, ofreció llevar al sujeto al lugar donde había comprado la droga. Dijo que en el lugar, su díler tenía mucho dinero, que podían dar un gran golpe.

El sujeto y su acompañante llevaron al joven hasta un edificio que este último indicó. Subieron hasta un departamento del tercer piso en el que tocaron a la puerta.

Salió una mujer delgada de cabello negro, que saludó al sujeto con cariño. Le preguntó que qué hacía ahí tan temprano. Que si conocía al joven, que era su cliente.

El sujeto sugirió a la mujer buscar clientes menos putos (*sic*), pues éste la había delatado. Empujaron al joven al interior del departamento, donde los tres le dieron una golpiza durante media hora.

Cuando lo dejaron ir, previa advertencia de que no volviera, la mujer sacó una botella de mezcal. Escanció un par de vasos que ofreció al sujeto y su acompañante. Después hizo unas líneas de coca sobre la mesa de centro. Aspiró una de ellas con un popote para después ofrecerlo al sujeto, que aceptó gustoso. El acompañante hizo lo propio.

Pasaron el resto de la tarde tomando mezcal con la mujer. A las siete, el hombre se despidió, salió junto con

su acompañante y prometió volver a saludar a la mujer "cualquier día de éstos".

La pareja tomó el Circuito Interior hasta Thiers, dieron vuelta sobre Mississippi y enfilaron hacia Álvaro Obregón, donde volvieron a torcer hasta Cuauhtémoc, que tomaron hacia el sur.

Pasando Xola, dieron vuelta en una calle donde el sujeto bajó de la patrulla. Indicó a su acompañante recogerlo tres horas después y tocó en el timbre de un edificio.

La puerta se abrió y el sujeto despareció en su interior.

–¿Cómo te fue, chaparro? —preguntó Andrea a Armengol cuando éste entró a su departamento.

–De la chingada, hija, de la chingada. ¿Tienes tequila?

–Cerveza.

–Me la chingo.

Ella jugaba Quake en el XBox. Iba en pants de la Procuraduría. Puso el juego en pausa. Caminó hasta el refrigerador y volvió con dos latas de Tecate.

Armengol dio un trago.

–Esto sabe a miados de perro. Tenía que ser del norte, como tú.

Andrea le tiró un golpe al estómago. El chaparro logró esquivarlo, atrapó el puño de la chica, dio vuelta sobre sus talones y aplicó una llave de judo que la tomó por sorpresa.

La derribó sobre el piso del departamento, quedando encima de ella. Tendidos, no importaba la diferencia de casi quince centímetros que había entre ambos.

La mujer estrelló sus palmas en las mejillas del policía.

El golpe retumbó en el pasillo, enrojeciendo la cara de Armengol. Se vieron fijamente unos instantes.

Ella atrajo el rostro del policía hacia su cara. Mordió sus labios con fuerza. Pudo sentir cómo se abultaba la bragueta de Armengol contra su pelvis.

–Te extrañé, pendeja... —murmuró él.

A las diez cuarenta de la noche, el sujeto salió del edificio. Ya lo esperaba el hombre identificado como su acompañante en la patrulla.

El sujeto pidió que su acompañante lo llevara a su casa, donde lo esperaba su esposa. Se despidió en la puerta de su hogar y entró saludando con monosílabos.

Sus dos hijos dormían mientras la esposa veía la televisión. El sujeto se desvistió con descuido, dejó su ropa en el suelo y se metió a la cama.

Quince minutos después se quedó dormido.

La rutina, con pequeñas variantes, no se ha modificado sustancialmente durante las dos semanas en que se le ha observado.

La conclusión de este observador: presa fácil.

16

Como todas las mañanas, el agente Armengol corrió los cinco kilómetros reglamentarios en el parque, a dos cuadras de su casa.

Tres vueltas exactas para completarlos. Desde la primera había visto al tipo en una banca.

No hacía falta ser Sherlock Holmes para saber que en ese jardín un sujeto de bombín con traje a la medida y abrigo de lana negros estaba fuera de lugar.

Sin embargo, lo que inquietó al policía era el haber visto ese rostro en alguna parte y no poder recordarlo.

A la segunda vuelta, notó que el hombre del bombín lo observaba persistentemente.

A la tercera fue a sentarse a un lado.

–Hermosillo, mil novecientos noventaicuatro —dijo Armengol a manera de saludo.

–Yo era muy joven. Todavía estudiaba —respondió Pipa y Guante.

–¿Fue en Mazatlán? ¿En el noventaisiete?

–Buena memoria. Efectivamente, nos conocimos en un laboratorio. Pero no fue ése —al hablar, dejaba escapar volutas de humo por la boca.

–Nunca olvido una cara. Se te ha caído el pelo, ¿no?

–Un poco. Usted ha engordado, agente.

–Ah, ¿la cosa va a ser de usted?

–Si me hace favor.

–Se lo hago.

Bombín sonrió como deben de hacerlo los tiburones. Luego dijo:

–Voy a refrescarle un poco la memoria. Fue Colima, en el noventainueve.

–Imposible. Ese operativo fue de la DEA. Yo ya estaba en la Juda del De Efe.

Los dos hombres callaron durante unos minutos. Se quedaron viendo hacia el frente. Vieron pasar unos niños camino a la escuela.

–Ya me puso a pensar, agente —dijo el del sombrero—. ¿Sería entonces en Guadalajara? Casi nunca me equivoco con las fechas.

–Siempre hay una primera vez. El problema es que puede uno acabar en la cárcel. O muerto.

–Prefiero muerto, agente.

–¿Por qué no deja de hacerse pendejo y me dice de qué se trata? —Armengol perdía la paciencia.

–No se ponga nervioso, agente. ¿No será que tiene mucha cola que le pisen?

Bruscamente, el hombre se llevó la mano hacia el interior de su abrigo. Durante un instante los nervios de Armengol se tensaron. Lamentó salir desarmado esa mañana a hacer ejercicio. El del bombín descubrió su solapa. El policía pudo ver que no venía armado.

–No son formas de tratar a los amigos. Ésta es una visita social. Sin compromisos.

–Usted no es mi amigo.

Armengol lo observó en silencio. Continuó:

–Mire, agente, es un asunto pesado.

–Todos lo son.

–Es en serio. Se trata de un conecte grande. Chochos y chocolates. ¿Le gustan las metanfetas?

–No. ¿Por qué no hace una denuncia anónima?

–No es broma. ¿Usted conoce al cártel de Constanza?

Armengol se rio.

–Ésa es atribución federal. Los locales ni siquiera podemos investigar nada relacionado con el narcomenudeo. ¡Si lo hacemos, somos nosotros los que incurrimos en un delito!

–No se trata de que nadie investigue nada, agente.

Los dos hombres callaron unos instantes. A lo lejos se escuchaban los pájaros. Sobre el eje vial dio vuelta un tranvía. Un paletero pasó empujando su carrito.

–Me deben varias. Quiero cobrármelas —añadió el del bombín.

–No está fácil. Son cabrones muy pesados, los lidera una mujer. Dicen que no usa minifalda porque se le verían los güevos.

–Sí usa minifalda. Tiene bonitas piernas —el hombre clavó su mirada en el policía. Armengol supo que no estaba bromeando. Muy pocos sabían que se trataba de una chica joven.

Discretamente, el policía volteó hacia todos lados, buscando a los acompañantes de su interlocutor. O cámaras. No vio nada.

–¿Sabe? Ando muy corto de tiempo. Y eso me pone de un humor de perros. ¿Qué quiere?

–Tranquilo, agente. Estamos del mismo lado.

–No mame. Ha visto demasiadas películas.

Nueva sonrisa de depredador. La pipa se había apagado. La golpeó contra la banca para sacudir las cenizas.

–Está fácil. Yo le digo dónde se va a hacer el deal, rápido, sin complicaciones.

–Ya le dije que ésa no es mi línea. Busque a los de la Federal.

–Usted sabe que con esos cabrones no se puede negociar, agente.

A toda prisa, Armengol repasaba sus archivos mentales. Conocía la cara de ese hombre. Pero un pequeño detalle, una modificación insignificante habían bastado para eludir la plena identificación.

–No hay nada que negociar.

–Le digo —prosiguió el hombre sin hacer caso de la negativa del agente—, yo le doy pelos y señales de la movida. Usted les cae. Les da un calambre. Les pone un susto, una buena madriza. Son putitos, ya sabe, dílers de discoteca fresa…

–Usted me confunde.

–...les quita todo, ya usted sabrá qué hace con doscientas pastillas. Las revende por ahí o las da de bolo en el bautizo del hijo del Pollo…

Había tomado por sorpresa a Armengol. Su gesto lo delató.

–Usted se gana una feria, yo me quito esta espinita y todos quedamos tan contentos. Nadie se entera de por dónde se filtró la información.

–¿Y qué dijo? Ya embarqué a este tarugo. No, mi chingón —el agente se levantó de la banca—, creo que se

equivocó de persona. Mejor búsquese un federal. Yo soy un policía recto.

Armengol se alejaba hacia su casa cuando el hombre murmuró:

–Cuautla, dosmil uno.

El agente quedó paralizado. De golpe recordó de dónde conocía al hombre.

La clínica de abortos.

Giró lentamente sobre sus talones. En la banca, el Médico sonreía.

–Ese expediente sigue abierto. Usted no querrá que la juez reciba un sobre con el video donde aparece aceptando el dinero del doctor que desangraba jovencitas para dejarlo ir.

Ahora lo recordaba. Había bajado de peso, se quedó pelón. Pero era el mismo sujeto.

El Médico se levantó. Un Honda Civic negro se había detenido en la esquina.

–No se preocupe, yo le hago llegar los datos. A su celular, al fin que ya lo tengo.

Armengol estaba paralizado.

–Y como una oferta especial, por tratarse de usted, le ofrezco darle los videos originales. Para que los destruya.

El Médico caminaba hacia el auto, en donde el chofer le había abierto la puerta.

–¿Cómo sé que no hay copias?

–Tendrá que confiar en mí, agente —dio media vuelta antes de subir—; no se preocupe, yo confío en usted.

El auto desapareció en el tráfico matutino.

A Armengol no le sorprendió que no tuviera placas.

17

Cuando el Médico entraba a la adolescencia descubrió una colección de revistas porno en el estante más alto del despacho de la biblioteca.

Durante semanas observaba las imágenes con detenimiento, como buscando memorizar cada línea, cada pliegue.

Su padre, un distinguido cirujano, lo descubrió un día en su cuarto, hipnotizado por las fotografías de un negro penetrando a una pelirroja. Le inquietó profundamente la mirada vacía con la que contemplaba las fotos, como hechizado.

Su primer impulso fue darle una paliza.

En lugar de ello, lo felicitó, le dijo que ya se estaba convirtiendo en un hombrecito y lo llevó a un prostíbulo de lujo.

El joven vio desfilar indiferente a una docena de chicas por la sala de una casona de la colonia Juárez mientras en la barra su padre bebía un whisky con la madame.

Sin decir nada, aquel que habría de convertirse en el Médico se levantó y salió del burdel, desconcertando a todos.

Temeroso de tener un hijo homosexual, el padre lo llevó en su Jaguar a su consultorio de Polanco, envueltos en un incómodo silencio.

Cuando Azucena, la secretaria, los vio entrar pensó que su jefe venía de un velorio.

El rostro del doctor cambió de inmediato cuando oyó a su hijo decir: "Quiero que Azucena se desnude".

El padre volteó para encontrarse con la mirada inexpresiva de su hijo, que tantas veces le había hecho pensar en un arácnido, observando a la secretaria con la misma pasión con que contemplaba la colección de timbres del abuelo.

–¿Mande? —dijo Azucena.

–Quiero que Azucena se desnude —repitió el chico sin trazo alguno de emoción en su voz.

–Desnúdese, Chuchena —ordenó el padre.

–¡¿Qué?!

–Que se desnude. ¿No entiende el español? —todo era preferible que tener un hijo joto.

–Doctor, yo…

–Entre al privado y desnúdese —la mirada del jefe llenó de terror a la secretaria.

Azucena se levantó y obedeció. El hijo la siguió sin que en su rostro se contrajera ni un músculo.

El padre esperó en el vestíbulo. Escuchó a su secretaria rogar a su hijo que no la explorara con los instrumentos quirúrgicos.

Cuando la chica comenzó a gritar, el doctor tomó una revista para hojearla.

Media hora después, el hijo salió del privado y abandonó el consultorio sin decir nada. El padre entró a su

oficina. Descubrió a su secretaria tirada en el suelo, llorando.

Llenó un cheque por tres meses del sueldo de Azucena y lo dejó junto a ella.

–Por las molestias —murmuró.

Esa noche, Azucena se suicidó.

18

Aun entre los compañeros de carrera lo llamaban el Médico.

Llegó los primeros días de la carrera con la cabeza rasurada y una barba de candado cuidadosamente recortada. Era de edad indefinible y semblante inexpresivo. Nunca rio en público y solía llevar un ridículo bombín. Alguien quiso burlarse del sombrero, un alumno de los últimos semestres. El Médico le lanzó un bisturí a la cara. Nunca nadie volvió a mofarse.

Todos sabían que era rico, hijo de un famoso cirujano ya retirado.

No hablaba con nadie. Una vez le preguntaron por qué.

–Porque afortunadamente aún hay clases sociales —respondió.

Pronto destacó en anatomía, farmacología y neurología. Finalmente decidió especializarse en neurocirugía.

Fue el único de sus compañeros que no vaciló en hundir su bisturí la primera vez que tuvo un paciente en la plancha. Decían que cortaba con la precisión de una máquina.

Corrían historias sobre él. Que si era gay, que si le gustaba practicar la necrofilia, que nunca se le había visto

tomar una copa de alcohol, que siempre andaba hasta la madre de algo...

Lo cierto es que era el mejor promedio de su generación. Se hubiera graduado con la medalla Gabino Barreda, de no haber sido descubierto destilando heroína en un laboratorio de la facultad. Las influencias de su padre permitieron que no terminara en la cárcel, pero fue expulsado de la Universidad en medio del escándalo.

Un mes después, su padre, viudo desde hacía varios años, fue hallado muerto en su casa de las Lomas de Chapultepec.

"Insuficiencia cardiorrespiratoria", dictaminó el doctor que extendió el acta de defunción. Nadie pensó en practicar una necropsia.

Hubieran hallado una cantidad alarmante de cianuro en su sangre.

Poco después del sepelio, el Médico desapareció sin dejar rastro.

Tenía una clínica de abortos que atender.

19

Armengol llegó unos minutos antes al lugar de la cita, la esquina de Bruno Traven y avenida México Coyoacán, enfrente de la Cineteca Nacional, a unos metros del Hospital de Xoco.

"Solo, sin el Pollo", había indicado el Médico.

El policía dio una vuelta de reconocimiento. A aquellas horas era una calle solitaria y oscura. A unos treinta metros, la puerta de urgencias parecía un oasis luminoso.

Cuarto para las once. Tenía quince minutos.

Encendió un Marlboro light con su encendedor Zippo. Era pavonado, con el escudo de los Acereros de Pittsburgh impreso a un lado. Se lo había quitado a algún narquillo de ésos. Nunca había entendido la afición al futbol americano.

Aspiró profundamente, tratando de arrancarle algo de sabor al humo. El doctor le había dicho que tenía que bajarle al cigarro y la copa, a las grasas y el colesterol. "¿Y a las viejas?", preguntó socarrón. El doctor sólo se rio.

Cuarentaicuatro años. Un auténtico veterano. Los policías judiciales rara vez llegan a viejos. En cualquier caso,

no envejecen en activo. Algunos se retiran a sus negocios. A otros los matan. Los más desafortunados, caen a la cárcel, donde los espera más de un enemigo.

Quizá era momento de pensar en el futuro. No podía estar extorsionando narquillos toda la vida.

Terminó su cigarro, tiró la colilla y la aplastó bajo la suela del zapato. Sonó su teléfono celular.

PRIVATE NUMBER, decía el detector de llamadas.

–¿Bueno?

–Arriba las manos —dijo una voz a sus espaldas. Era el Médico.

En ese momento, Armengol sintió el frío metal del cañón de un arma pegarse a su nuca.

Obedeció.

"Pinche Armengol, ahora sí valiste madres, por andar tragando camote", pensó el policía. Cerró los ojos y la primera imagen que le vino fue la del rostro de Andrea gimiendo ruidosamente mientras tenía un orgasmo sobre la alfombra de su departamento de Narvarte, apenas la noche anterior.

Le hubiera gustado pensar en sus hijos.

–La pistola —dijo el Médico a sus espaldas. Armengol se la entregó.

–Quítate la chamarra —el policía obedeció mientras pensaba a toda velocidad cómo zafarse del madruguete.

–Muy bien. Ahora, quietecito.

Armengol sudaba. Volteó inútilmente hacia ambos lados de la avenida, buscando a quién pedirle ayuda. Sería inútil, si alguien los veía pensaría que era un asalto. No lo auxiliarían.

Armengol quiso decir algo.

–Calladito, por favor —dijo el Médico, con tranquilidad—. Este mundo es de los cabrones, ¿no cree, agente?

El policía asintió. Su corazón amenazaba con escapar del pecho a punta de golpes.

–Pero no se puede uno pasar de la raya, ¿no cree?

–S-sí.

–Uno hace su luchita, agente, no cabe duda. Ya ve yo, con mi cliniquita. ¿Se acuerda? No le hacía daño a nadie.

–N-no.

–No cabe duda, en este país no lo dejan a uno trabajar. Como usted, con sus bisnes.

–¿D-de qué me habla?

–No me diga que no se acuerda, agente. Una tiendita por aquí, un narquillo por allá. Para completar la quincena.

–...

–Todos, o casi todos, sabemos que no es facultad de la judicial local, ¿no es así?

Armengol continuó paralizado.

–Pero después de todo, casi casi es un servicio social. ¿Quién quiere a esta gentuza envenenando a nuestra juventud? ¿Usted ha probado alguna de las pastas que ha estado decomisando?

–N-no.

–Claro. Usted prefiere la cuba con Bacardí. ¿No es verdad?

–...

–Quien ha probado el sabor del ron con la coca-cola, conoce el sabor de la derrota, decía un escritor al que admiro. Yo no bebo, ¿sabe?

–No. No sabía.

–Tampoco me meto nada. Es malo para la salud, agente. Sin embargo, es mi negocio, ¿sabe?

–Me... me imaginé.

–No hay que estar muerto para ser sepulturero. Lo que es cierto es que cuido mi negocio. Y los intereses de mi jefa. ¿Sabe de quién le hablo?

–No.

–No se haga pendejo. Lizzy Zubiaga.

Armengol sintió un vacío en el pecho al escuchar el nombre.

–Yo... no le he hecho nada a ella. S... sólo le doy un susto a uno que otro chamaco baboso de vez en cuando.

–Lo sé, lo sé. Como le digo, casi un servicio social, ¿sabe? No sólo protege a la juventud mexicana. También encarece nuestros productos. Todos salimos ganando en este negocio.

–Entonces, ¿cuál es el problema?

–Uno de los dilercillos a los que le cayó está muy bien relacionado. Demasiado.

–¿De qué me habla?

–Un chamaco pendejo, un júnior de ésos metido a díler. No tendría nada de especial, si no fuera porque es el primo consentido de Lizzy Zubiaga.

Armengol dejó de respirar por un momento.

–Omar Noriega. Hijo de Teresita Zubiaga. La hermana menor del ahora desaparecido Eliseo Zubiaga, conocido como el Señor.

Bañado en sudor, con las manos en alto, Armengol deseó que terminara de una vez. Que le pegara dos tiros y lo dejara ahí tirado. Había visto las fotos de las venganzas del cártel de Constanza. Era mejor morir.

–Máteme.

–¿Cómo dijo, agente?

–Máteme. De una vez. Usted me debe un favor. Lo dejé ir cuando lo de la clínica. Ahora máteme.

–Ay, mi querido Armengol. No tiene tanta suerte. Mis órdenes eran muy específicas: "que sufra el cabrón". Lo siento, agente.

Armengol sintió dos piquetes en la espalda. Un par de estiletes se deslizaron en diagonal hasta sus pulmones tan rápidamente que antes de que pudiera bajar los brazos por el dolor, ya habían sido retirados.

–Buenas noches, agente —dijo la voz del Médico mientras se alejaba por la callejuela, dejando al policía retorciéndose en la esquina.

20

A LAS SIETE DE LA MAÑANA COMENZÓ A SONAR EL SET de música jungle que Lizzy había programado en su iPod para despertarse. Se estiró entre las sábanas de seda negra del futon king size.

Como todos los días, lo primero que vio al abrir los ojos fue el cuadro de Julio Galán que colgaba justo en la pared contraria a la de la cabecera, en su departamento de Polanco.

Quince minutos después, Helga, su entrenadora personal, la esperaba en el gimnasio de la recámara contigua con un jugo energético en la mano. Se trataba de una alemana exfinalista olímpica de brazos y piernas que parecían de acero trenzado.

–Guten Tag —dijo la rubia. Lizzy respondió con un gruñido.

Lizzy hizo ejercicio aeróbico durante cuarenta minutos y una hora de pesas.

A las nueve, tras una ducha de agua fría, la jefa del cártel de Constanza desayunó cereal con yogur descremado y té verde al tiempo que revisaba su correo en un iPhone. Era la única ocupante del inmenso comedor cuyos

ventanales daban hacia el castillo de Chapultepec. Pancho le llevaba cada uno de los platos desde la cocina, donde los preparaba él mismo.

A las diez de la mañana, en el estacionamiento de sus oficinas en Santa Fe, Lizzy descendió de su auto, un Impala 1970 negro con llamas pintadas en los costados.

Su gente había recuperado el auto de un taller mecánico de Perros Muertos, Coahuila, y lo había mandado restaurar a Los Ángeles, sin que nadie entendiera muy bien su apego al vehículo, ni por qué ordenó matar al mecánico que lo tenía.

Las primeras horas de la mañana las ocupó en atender los asuntos financieros. Harta de las finanzas caóticas que había dejado su difunto padre, se había hecho asesorar por Alberto Suárez, un experto financiero que le sugirió diversificar sus fondos en varios instrumentos de inversión.

Adoraba verificar los dividendos de sus cuentas. Le fascinaba saberse más rica cada mañana.

A las doce tomó un refrigerio, fruta fresca, galletas altas en fibra y té. Antes de la comida, a las dos de la tarde, recibió la llamada de uno de sus galeristas en Europa. Pese a que estudió en la School of Visual Arts de Toronto, abandonó su carrera creativa para concentrarse en aumentar su colección de arte contemporáneo.

–Lizzy, darling, tengo algo que te va a fascinar —dijo su amigo Thierry desde París, con un español gangoso.

–Lo veo difícil, Tierritas, la última vez me ofreciste pura basura.

–Te vas a ir de espaldas, mon amour. Tengo siete piezas de David Nebreda.

Tras un silencio tenso, Lizzy preguntaba:

–¿Cuánto?

El dinero nunca era problema.

A las dos y media entró al salón vip del Blanc des Blancs, sobre Reforma, donde saludó a don Renato, viejo empresario amigo de su papá, quien comía con el secretario del Trabajo.

Los viejos invitaron a Lizzy a sentarse con ellos, propuesta que declinó amablemente. Se despidió y caminó hacia su mesa favorita, al fondo del restaurante.

En el camino se encontró a Marianito Mazo, hijo de un productor de telenovelas, que comía con un par de cantantes pop que gozaban de sus quince minutos de fama. Marianito la saludó de beso, le presentó a las dos chicas ("Éstas son Lola y Dayanara") y la invitó a un coctel que tendría en casa de sus papás, en el Pedregal, el sábado siguiente.

–Creo que ando de viaje —dijo sonriente Lizzy—, deja verificarlo y confirmo en tu oficina.

Se despidieron con afecto. Finalmente, Lizzy pudo sentarse.

Pidió una ensalada de arúgula con carpaccio de salmón y vino blanco. Antes de probar el primer bocado, sonó su celular.

Era el Médico.

–¿Qué quieres?

–Perdona que te interrumpa. Sólo llamo para decirte que el círculo se cierra.

–Cómo eres melodramático, me cae. Por eso no te aguantan ni en la UNAM.

–...

–Mira, Médico, llámame cuando esté hecho, no me interrumpas si no es importante.

Colgó sin esperar respuesta.

Comió en silencio mientras revisaba sus mails en el celular. Aprovechó para chatear con su primo Omar, que trabajaba de DJ en una disco de Ibiza.

–¿Mademoiselle? —la interrumpió el maître—, el caballero de aquella mesa le manda esta copa.

Levantó la vista hacia donde le señalaban.

Desde el otro lado del restaurante, el secretario particular del procurador general de la República le guiñó un ojo.

Por la tarde pidió a Bonnie, su secretaria, que cancelara todas sus citas para darse un tratamiento de fangoterapia en un spa de Santa Fe, apenas a unas cuadras de su oficina.

–Recuerda que tienes pendiente ir al almacén —observó la gringa con su acento texano.

–No se me olvida. Voy en la noche —repuso Lizzy.

Se fue caminando al spa, para desconsuelo de Pancho, que no quería que anduviera desprotegida a ninguna hora. Ella siempre lograba escabullirse.

La chica que le aplicaba el lodo sobre la espalda, una francesa recién llegada de Lyon, no pudo evitar decir:

–Tiene usted un derrière pguecioso. Figme y suave como un melocotón.

–Muchas gracias —dijo Lizzy.

Llegó al Museo Tamayo a las ocho y media de la noche, a bordo del viejo BMW blindado de su padre, manejado por Pancho. Tras ellos, dos camionetas Windstar repletas de guaruras los escoltaban.

Iba vestida totalmente de piel negra, con el cabello recogido en un chongo atravesado por palillos chinos.

Casi se veía bonita.

–Espérenme afuera. No quiero llamar la atención —dijo en la puerta del museo.

–Niña… —protestó el guarura.

–Obedece.

Pancho ordenó que su equipo de ocho escoltas entrenados en Israel —dos de ellos eran mujeres— se apostaran en puntos estratégicos alrededor del museo. Todo el tiempo, el viejo sicario mantuvo contacto con ellos por radiocomunicador.

Le ponían nervioso los caprichos de la niña, pero le había jurado al Señor, su padre, cuidar de ella. Lo hizo cuando éste agonizaba, tras una balacera en un prostíbulo de Ciudad Lerdo, Durango. En ese mismo tiroteo Pancho perdió su ojo. Ésos eran lazos de sangre.

Adentro, ajena a las consideraciones de su guardaespaldas, Lizzy repartía besos entre galeristas, coleccionistas de arte, curadores, críticos y artistas.

Era una celebridad en el mundo del arte. Todo mundo sabía de su colección y sus gustos peculiares. A más de uno sorprendía los recursos con que contaba. Pocos preguntaban de dónde provenían.

Se inauguraba una retrospectiva del pintor armenio-norteamericano Rabo Karabekian. Ocho de las piezas pertenecían a la colección de Lizzy. Invariablemente pedía

que se le diera crédito como colección privada. No quería ninguna publicidad.

Tuvo que atravesar una barrera humana para saludar al artista, quien la reconoció a la distancia.

–¡Lizzy, baby! —al anciano artista se le iluminó el rostro al ver a su coleccionista favorita.

–How you doing, Rab?

Platicaron animados una media hora. Cuando la prensa quiso tomar fotos, Lizzy declinó, amable.

El pintor le dijo que habría un after en el departamento del curador de la exposición, en la Condesa. Que le encantaría que viniera. Ella se disculpó.

–Got some business to take care of, sorry —y se despidió de todo mundo.

Camino a su auto, sonó su celular. El Médico de nuevo.

–Está hecho —dijo él con voz temblorosa, al otro lado de la línea.

Unos segundos de silencio.

–¿Sufrió mucho?

–Yo diría que sí.

–Te voy a lanzar una galletita al hocico —repuso Lizzy antes de colgar.

Subió al BMW y ordenó que la llevaran al almacén.

Sin preguntar nada, Pancho enfiló hacia la bodega que la MDA tenía en un parque industrial de Vallejo. No cruzaron palabra durante todo el trayecto.

El equipo de seguridad del almacén los recibió, sorprendidos por la hora de la visita. Una pesada puerta de acero

se deslizó pesadamente para dejar pasar al BMW y las Windstar.

El Bwana, lugarteniente de Lizzy en el norte de la ciudad, salió a recibirlos. Era un cholo exporro que había aprendido algo de química a su paso por la Facultad de Ciencias. Un sujeto violento curtido en las calles de East L.A.

En secreto, Lizzy lo hallaba atractivo, fascinada por la belleza salvaje de sus rasgos indígenas y su cuerpo atlético de basquetbolista, generalmente vestido de jeans bombachos con el torso desnudo, los pezones perforados por argollas, con tatuajes de la Virgen de Guadalupe y la Santa Muerte reptando por toda la piel.

A veces, en lo profundo de sus sueños, Lizzy se permitía fantasear con el cuerpo musculoso del cholo. Fantasía que su mente consciente rechazaba apenas se despertaba.

–Qué sorpráis, jechu —dijo el Bwana a manera de saludo en el patio de la nave industrial. Llevaba una escuadra .38 calada en los pantalones y un paliacate verde cubriendo su cabeza rapada.

–Ya quiero terminar con esto. ¿Dónde están?

–This way —y se internó en la bodega. Lizzy lo siguió, dejando fuera a sus escoltas y los gatilleros que cuidaban el almacén.

El Bwana la guio bodega adentro, por pasillos estrechos retacados de cajas rotuladas con caracteres en chino y coreano. Pancho los siguió, unos metros atrás, con una mochila de lona al hombro que llamó la atención del Bwana.

Lizzy había especificado que se diseñaran esos pasillos como un laberinto. Sólo unos cuantos conocían el camino

hasta el centro. El arquitecto, un gay solterón que solía pasear a sus perros por la avenida Ámsterdam, había aparecido muerto en la carretera libre a Toluca tiempo después de terminada la obra.

Algo iba platicando el cholo a su jefa, pero a ella le fue imposible entenderlo por la mezcla rapeada de spanglish y slang fronterizo. Cada que llegaban a una puerta, el Bwana tecleaba un código de acceso en las cerraduras electrónicas.

Cuando llegaron al centro de la bodega, el Bwana tecleó un código diferente. Esta vez, una compuerta se abrió en el suelo, dejando al descubierto una escalinata que conducía a una cámara subterránea, aislada del exterior como un estudio de grabación.

Al fondo se escuchaban gemidos. Apenas audibles, casi murmullos.

–Welcome to asuntos especiales, ésa —dijo el Bwana. Lizzy descendió por los escalones. El sótano estaba oscuro. Se iluminó al tocar un interruptor, revelando la fuente de los gemidos.

Un hombre y una mujer sobre unas sillas de vinil, amarrados con alambre de púas y amordazados con cinta canela. Ella tenía un ojo reventado. Estaban cubiertos de sangre seca, con un charco de sus propias excrecencias a sus pies.

–Huelen mal —murmuró Lizzy.

Pancho de inmediato roció los dos cuerpos con un Lysol en aerosol extraído de la mochila de lona. El hombre y la mujer se retorcieron por el ardor del desodorante.

Lizzy se acercó a la chica. Revisó con curiosidad la cuenca vacía.

–¿Dices que venía con él cuando lo levantaron?

–Simón, ésa. Es su colita. Bad luck.

La jefa del cártel de Constanza volteó hacia el hombre.

Era Wílmer, el asistente de Iménez, el capo colombiano con el que Lizzy había estado negociando apenas semanas antes. La gente del Bwana había descubierto que estaban introduciendo anfetaminas brasileñas por su cuenta al territorio nacional. En el camino habían dejado varios cadáveres del cártel de Lizzy, brutalmente asesinados.

Mala idea.

Wílmer era el responsable de la operación. Antes, un verdadero cabrón. Ahora, lo que quedaba de él gimoteaba.

Lizzy pudo ver una lágrima escurrir por su mejilla mugrosa.

–Hundidos en la mierda, todos son iguales.

Dio una patada de aikido en la mandíbula del hombre. Sintió el hueso quebrarse bajo su suela. El golpe lo mandó al suelo. Su aullido hubiera retumbado por el cuarto de no haber estado amordazado.

La chica comenzó a retorcerse, intentado gritar bajo la cinta que sellaba sus labios reventados.

Lizzy le arrancó la mordaza de golpe. Al hacerlo, levantó un buen trozo de piel.

–¡¿Qué dices?!

–Pie... piedad... te... ngo una... hija...

En el suelo, el hombre lloraba. Ella lo volteó bocarriba con la punta de sus botas.

–"Llora como mujer por lo que no pudiste defender como hombre" —citó Lizzy. Enseguida pidió a Pancho que le pasara el bat.

El guarura sacó de la mochila de lona un bat de madera con el logo de los Venados de Mazatlán, atravesado por una docena de clavos de acero de cuatro pulgadas. Un objeto heredado del padre de Lizzy.

–Aquí, las anfetas las movemos nosotros —dijo ella al hombre del suelo—; no me gustan los sudacas metiches. Esto es lo que les pasa a los que se meten en mis nichos de mercado. Considéralo una declaración de guerra.

Avanzó hacia el hombre con el bat en la mano. En silencio, Pancho agradeció ser tuerto y tener el ojo malo volteado hacia ese lado. Discretamente, el Bwana volteó hacia la puerta.

Cuando la mujer de la silla vio lo que iba a suceder, comenzó a gritar sin control.

21

Lo que me caga de los sábados es que me siento más sola que en otros días.

Pero aquella tarde iba a comer en casa de mi hermano, en Satélite. Ver a mis sobrinos me hace feliz.

Antes de llegar a la casa de Santi pasé a comprarles unas pistolas de juguete.

–¡Tíita, tíita! —gritaron los dos al verme desde el jardín, llegando en la moto.

Los abracé emocionada. Detrás de ellos, Amy, la mamá se acercó con su eterna sonrisa distante.

–Hey...

–Hello, sisinlaw. Les traje unos regalos a los morros.

–¿Qué es, tíita, qué es? —dijo Santiago, el mayor.

–¿Qués, qués? —balbuceaba Dieguito.

–Guns? Did you bring guns for my kids? —preguntó la güera, clavándome su fría mirada azul.

–Está bien, Amy —dijo Santi desde la puerta—, son de juguete.

–You know I hate guns —dijo mi cuñada y entró a la casa envuelta en su enojo.

—¿Me equivoqué, carnal? —le pregunté a mi hermano mientras me abrazaba.

—No le hagas caso, carnalita. Ya sabes cómo es la gringa. Ningún huevo le embona —reímos. Nunca me hacía sentir bienvenida.

Estaban cocinando carne asada en el patio trasero.

Al pasar por la cocina, tomó una Tecate del refri y me la aventó.

—Ora, échate un bistec.

Él abrió la suya. Salimos juntos al jardín. Los niños ya se estaban disparando tiros imaginarios. Amy, hecha una furia, amasaba carne para hamburguesas.

—Ya bájale, güera —dijo Santi.

Ella no contestó.

—Oh, bueno. Cuéntame, mija, ¿cómo te va en la tira?

Viéndolo ahí, sonriendo, pensé que no podíamos ser más diferentes.

Siempre fuimos grandotes. En la primaria nos decían la familia grizzly. Pero Santi siempre fue un pan. Los demás niños lo molestaban a pesar de que fuera el más corpulento.

Yo era la que tenía que defenderlo. Dos años menor.

Papá, que era un mecánico desertor de la Fuerza Aérea, trabajaba en los hangares del aeropuerto de Ramos Arizpe, en Coahuila. Nosotros vivíamos con mi mamá en Cadereyta. Mi jefe venía todos los fines de semana.

Se la pasaba tomando cheve y viendo el beisbol o el americano. A veces obligaba al Santi a que lo ayudara a meterle mano al coche.

Mi carnalito odiaba la mecánica.

–Gordo cabrón —le gritaba mi jefe—, ¿qués puto o qué? ¿No le gustan los coches?

Y lo mandaba castigado a su cuarto. Que era lo que realmente le gustaba, porque se pasaba las horas dibujando superhéroes.

Era cuando yo me acercaba a mi apá.

–Yo te ayudo, jefe.

No le hacía ninguna gracia.

–N'ombre, mija, las viejas pal metate y pal petate —gruñía y se concentraba en los misterios de su motor.

Yo me quedaba sentadita, a un lado, sin hacer ruido. Después de un rato, invariablemente me pedía que le trajera una cerveza.

Horas más tarde, me decía refunfuñando que le pasara aquel dado. O ese desarmador.

Siempre acababa explicándome de mecánica. Mamá nos observaba desde la cocina, recelosa.

Su consentido era Santiago. Nunca lo ocultó, siempre lo solapaba con sus dibujitos.

Lo mismo sucedía cuando mi apá nos llevaba al campo de beis. Jugaba en un equipo de nuestra colonia. Su mayor ilusión era que Santi aprovechara su mano como pitcher, no dibujando al Hombre Araña.

Pero de nada sirvió. Aquél era el peor deportista del planeta. Yo, en cambio, era buena bateando.

Por lo demás, vivimos una vida normal. Todo lo normal que puede ser la vida de unos hermanos que rebasaban el metro ochenta desde los trece años.

Santiago siguió dibujando. Todo el tiempo. Cuando estábamos en la escuela. En la casa. Cuando íbamos a

casa de mi abuela. Hasta en el autobús, cuando veníamos a ver a mis primos al De Efe.

A mí me desesperaba. No tenía con quien jugar. Hasta que llegó la adolescencia.

Fue cuando establecimos nuestro pacto de no agresión. En adelante intentaríamos ser un buen equipo.

Él nunca dejó de dibujar. Cuando tenía dieciocho años, trabajó todo un verano para escaparse a San Diego, a una convención de cómics.

–Voy a llevar mi portafolio de trabajo —decía con toda ilusión.

–Ésas son mamadas, gordo, mejor ponte a estudiar —ladraba mi apá.

–Déjalo, Ernesto, el niño es talentoso —atajaba mi jefa.

Ése fue el mismo verano que yo entré al ejército. Me hubiera encantado ir con él a San Diego, para darme de alta con los marines.

Lo increíble fue que le dieron trabajo. Regresó feliz.

–¡Me dieron un guion de cuatro páginas para Secret Origins! —me dijo emocionado al teléfono, la primera vez que hablé a la casa desde la base.

Me dio mucho gusto.

En poco tiempo se fue haciendo de nombre y prestigio. Unos años después lo hicieron dibujante oficial de una revista de superhéroes.

–Los guiones son de Paul Kupperberg, que es medio chafa, la verdad, pero es muy importante ser dibujante titular —me dijo al darme una revista, una vez que vine de visita. Yo la hojeé sin mucho interés, la verdad, más interesada en su vida que en sus monitos.

Pero su vida eran los monitos.

En poco tiempo le dieron una de las revistas de Batman. Fue cuando conoció a Amy, que era la colorista de sus dibujos.

Fue amor a primera vista.

Era curioso verlos juntos la vez que la trajo a casa de mis papás. Era una gringa chaparrita de Vermont, que le llegaba a la mitad del pecho. Pero se querían mucho.

O eso decía él. A mí me molestaba ver las exigencias económicas que le hacía a mi carnal: camionetota del año, escuelas caras, viajes a Disneylandia.

Lo bueno que el cabrón era rico.

Se casaron a los pocos años. Ella aceptó vivir en México siempre y cuando fuera en una ciudad grande, no en nuestro rancho. Santi eligió la ciudad de México porque tenía muchos amigos dibujantes ahí.

Para entonces, ya le publicaban su propio título en Image, una editorial donde los artistas dibujaban personajes creados por ellos mismos, cuyos derechos les pertenecían a sus autores.

PsySquad, su grupo de superhéroes, fue un éxito. Pronto hubo juguetes, camisetas y hasta un videojuego. Con el adelanto que le dieron por adaptar la serie a caricaturas se compraron su casa. Santi tenía la vida resuelta, haciendo lo que más le gustaba.

Mientras tanto, yo había dejado el ejército, había estado en un grupo policiaco de reacción contra asaltabancos y ahora trabajaba en la Judicial de la ciudad de México.

De nuevo estábamos cerca. Y lejos, como siempre.

–Así que, ¿cómo le va a la señorita Andrea Bauer? —preguntó Santiago para romper un silencio incómodo.

–Bien, bien. Pero no es como en la tele, ya te lo he dicho. Amy echaba unos t-bones a la parrilla. Siempre se le quemaba la carne.

Los niños seguían disparándose.

Mi cuñada nos sirvió, malencarada.

–Güera, si vas a estar así, mejor vete a tu cuarto.

–Watch your mouth, Santy. Don'treat me like that!

–Pues entonces ponte en paz, carajo.

Ella aventó la charola con la carne.

–Don't you ever talk to me like that, asshole! I'm not a Mexican bitch!

–Bájale de güevos, Amy, te van a escuchar los niños.

Ellos seguían en su balacera, indiferentes al mundo adulto.

–Go fuck yourself, Santy.

Y entró a la casa llorando.

Mi hermano intentó seguir comiendo.

–Ya sabes cómo es, carnala. Las armas la ponen de malas. Con eso de que su papá fue a Vietnam. Y uno de mis cuñados anda en Iraq...

–¿Sabes, Santi? Yo creo que mejor vuelvo otro día.

No esperé a que me contestara. Salí sin despedirme de los niños.

Subí a la moto y arranqué. Esa noche el Chaparro había prometido ir a mi casa.

Quería llegar rápido.

No quería que me viera llorando.

Pero esa noche el Chaparro no llegó.

22

DESDE LA SUITE DE LUJO FRENTE AL AEROPUERTO EN la que esperaba la hora de su vuelo a Guadalajara, el Médico marcó un número en el teclado de su celular. Eran las tres de la mañana.

–¿Lady Travers? Quiero pedir un servicio especial. A domicilio.

–¿Conoce las condiciones de servicio? —preguntó la proxeneta irlandesa, al otro lado de la línea. Al fondo se escuchaba la fiesta interminable que todas las noches retumbaba en su negocio, en una casona de las Lomas de Chapultepec.

–Las conozco. Soy cliente ocasional pero fiel.

El Médico sonrió, relamiendo el filo de sus colmillos caninos. Indicó el hotel y número de habitación. Hizo su pedido y dejó el número de la tarjeta de crédito.

Cuando veinte minutos después, Varenka, la dominátrix rusa de casi dos metros de altura tocó a la puerta, el médico la recibió desnudo, con un par de seguros de bebé atravesándole sus pezones.

–Bienvenida —dijo el hombre, al tiempo que le ofrecía una bandejita metálica con tres líneas de coca.

Al filo de las seis de la mañana, la mujer abandonó el hotel de lujo con una jugosa propina y el Médico con varios surcos de carne viva cruzándole la espalda. Se despidieron en la puerta. Ella tomó un taxi, él caminó hacia el túnel que conectaba el hotel con el aeropuerto.

Disfrutó el dolor todo el camino hasta Guadalajara.

23

–Mataron a Armengol.

La noticia vibra en mis tímpanos antes de que haya despertado del todo.

–¿Mataron... a Armengol? —balbuceo.

–Lo encontraron muerto a las puertas del hospital de Xoco o algo así —me dice el Járcor al otro lado de la línea—. No sé muy bien qué pasó. Me acaban de avisar. Voy para allá. ¿Quieres ir?

Contesto algo en automático. Queda de pasar por mí en quince minutos. Cuelgo el celular y hasta ese momento me doy cuenta de que estoy a oscuras, que tengo puestos los pants de la Procu que uso como pijama, que son las tres de la mañana y que el Chaparro está muerto.

24

El Járcor llega por mí en la patrulla. Me subo en automático, con la sobaquera de la pistola debajo de mi chamarra de piel. La chamarra que me regalaste el día que compré la moto en una subasta de vehículos confiscados de la Procuraduría.

–¿Cómo fue? —le pregunto al Járcor apenas subo al auto.

–Lo encontraron en la puerta del hospital. Parece que lo apuñalaron.

No decimos nada el resto del camino. Recorrer avenida Cuauhtémoc desde la altura de Xola hasta Río Churubusco se convierte en un trayecto eterno. No hay necesidad de encender la torreta. Las calles están semivacías.

–Era un cabrón —dice el Jar cuando llegamos al hospital—. Un hijo de la chingada. Ni modo que se muriera de viejito.

No sé qué decirle. Tiene razón. ¿Sabrá lo que había entre tú y yo?

Dejamos el auto en el estacionamiento del hospital, en los lugares asignados a la agencia del Ministerio Público que hay en el hospital. Caminamos hacia Patología

Forense. Conocemos el camino, hemos venido cientos de veces.

No me gustan los hospitales. Mi abuela tuvo una agonía larga en un hospital del Seguro Social en Monterrey. Sus hijos hacían rondas para cuidarla. A mi mamá y nosotros nos tocaron los fines de semana porque veníamos desde Cadereyta. Durante seis meses vimos cómo se iba extinguiendo poco a poco, conectada a un respirador en un pabellón geriátrico junto con otros once viejitos. El día que nos avisaron que se murió no lloramos en la casa. Descansamos.

–¿Quieres un café? —me dice el Jar cuando pasamos junto a una máquina expendedora.

–Chocolate.

En la puerta de Patología ya nos espera el doctor Prado. Sonríe apenas nos ve, con su cara de santaclós mexicano que aún no encanece.

–¿Qué pasó, cuatitos? Ya no los había visto por acá.

–Ya ve, doc. Ahora enfriaron a uno de los nuestros —dice el Járcor.

La sonrisa se desvanece del rostro de Prado.

–¿Era tu amigo, mano? No me digas.

–¿Estuvo gacho?

–Yo supongo que tu compa debía muchas. Pasen por acá.

Antes de entrar veo a tu mujer. ¿Cómo se llamaba? ¿Silvia? ¿Claudia? La reconozco por la foto que tenías sobre tu escritorio, pese a que no va maquillada. Una chaparrita de cabello teñido de güero. Trae los ojos enrojecidos de llorar. Habla con uno de esos zopilotes de agencia funeraria que andan ofreciendo sus servicios en los hospitales. Nunca nos hemos visto pero parece reconocerme

cuando se cruzan nuestras miradas. No me queda duda, de inmediato sabe quién soy. Qué he estado haciendo con su hombre. Veo el odio en sus ojos y avergonzada, a pesar de que le saco casi treinta centímetros de altura, bajo la mirada.

–Tráete al último que llegó, Alvarito. El de las incisiones —indica Prado al chalán del pabellón.

–¿Armengol López, Mauricio Jesús Mario? —pregunta con voz mecánica Alvarito desde la cámara de refrigeración, leyendo el nombre de la etiqueta que cuelga de tu ortejo gordo.

–El único hombre, Alvarito, no seas güey. ¿Un cafecito?

–Gracias, todavía traigo, doc.

Yo no contesto.

He visto decenas de cadáveres salir de esa cámara. Balaceados, apuñalados, electrocutados. Todavía recuerdo a la primera, era una mujer. Doña Magdalena, se llamaba. Suicidio por pastillas. Parecía dormida. Aun muerta la dureza de sus rasgos imponía respeto. Después de ella han sido tantos que no puedo recordar cuántos he visto. Uno se acostumbra a los cadáveres. El corazón se endurece, el umbral del asco se estira. Pero por primera vez en todos mis años de servicio, no quiero que se abra esa puerta. No quiero que te traigan a la plancha.

Cierro los ojos cuando escucho el chirriar de las ruedas de la camilla acercarse. Siento que muero cuando los abro y te veo tendido sobre la plancha, pálido, con una rajada en forma de "y" tejida sobre tu pecho.

–Murió asfixiado —dice de golpe el doctor.

Nuestras caras deben ser de gran sorpresa. Prado le pide a Alvarito que lo ayude a voltear tu cuerpo. Los cadáveres

—he visto tantos— no me impresionan, pero no me atrevo a tocarte.

Tu espalda está amoratada. Los fluidos corporales se han asentado abajo ahora que tu corazón ya no late. Dos heridas se abren justo arriba de cada nalga. Apenas son un par de rajadas y sin embargo me parecen repulsivas, obscenas.

–Miren, éstas son las heridas superficiales. Por su forma, podemos asegurar que fueron infligidas con dos objetos punzocortantes exactamente iguales.

–¿Dos puñales? —pregunta el Járcor.

–No, mira el corte diagonal. La abertura sobre la piel es relativamente pequeña, pero la incisión es muy profunda. Eso nos habla de un estilete filoso.

–¿Como las espadas de un ninja? —pregunto y al instante me siento una idiota por decir una pendejada.

–Algo parecido —contesta para mi sorpresa el doctor Prado—, digamos que una versión moderna, más estilizada. Miren los bordes inferiores de la herida. Incluso a simple vista pueden ver que están desgarrados. Esta herida fue hecha con un objeto punzocortante de hoja serrada en la parte inferior. La punta penetra en la piel y la desgarra, semejante a los dientes de tiburón, rasga el tejido al salir.

Cierro los ojos para no llorar. Imagino tu dolor. Los dos hombres no se dan cuenta.

–Pero aquí viene lo más impresionante del asunto: su amigo casi no sangró. No lo mató la puñalada.

Cuando ve el efecto que tienen sus palabras en nosotros, continúa:

–La herida penetró en una trayectoria diagonal ascendente en dirección de la cavidad torácica. Es decir,

se trata de un corte limpio que entró por la espalda baja para subir a su objetivo, los pulmones.

Mientras nos explica, levanta el borde de la herida para que veamos el surco que dejó en tu carne.

–Imagínense —dice al tiempo que coloca sus manazas a la altura de las mejillas como si quisiera apretar las tetas de una gorda gigantesca, como yo— que los pulmones son dos grandes globos que se inflan y desinflan a medida que respiramos —cierra y abre sus dedos de Twinky Wonder mientras habla—. Desde luego, para mantener estable el intercambio de gases del sistema respiratorio, la presión de circuito alveolar debe ser constante, es decir, que los pulmones son dos bombas presurizadas...

–Hechas de tejido suave —completo.

–¡Exacto! E igual que un globo, con un piquetito basta para desinflarlos.

Cierra las manos violentamente, como queriendo aprisionar el aire, y nos observa con esa mirada de loco frenético que tienen todos los forenses cuando explican una causa de defunción.

–Es lo que llamamos neumotórax traumático o pulmón colapsado. A su amigo, cuatitos, lo único que había que hacerle era taparle las incisiones y darle respiración para que se estabilizara la presión pulmonar. Pero llegó arrastrándose con dos incisiones expuestas en la espalda. No podía hablar, nadie supo que se estaba asfixiando. No pudieron atenderlo.

Siento un escalofrío.

–Se murió a las puertas de un hospital sin que nadie pudiera ayudarlo.

25

Algunos lo llamaban Güero, otros le decían Míster y la gran mayoría se refería a él como el Gringo Loco. Pero cuando se presentaba murmuraba con una eterna sonrisa (enmarcada por su rostro color camarón, curtido por el sol) Banana Smith.

Era un gringo desgarbado, veterano del segundo Woodstock y los últimos años de la escena contracultu-rosa neohippy de Los Ángeles. Garrochón y encorvado, su cabello semejaba una estopa grasienta; su mirada, dos zafiros huidizos.

Había llegado de alguna universidad de California, nadie sabía cuál. Decía haber trabajado unos años en Baja California, con uno de sus maestros, un tal doctor Fletcher —otro gringo tránsfuga—, en una investigación de paleobotánica, pero lo suyo eran las plantas vivas y muy pronto decidió seguir su camino hacia el sur.

Trabajó con unos gomeros en Sinaloa, a los que les ofreció desarrollar amapolas modificadas genéticamente. Decía poder doblar la producción de opio a cambio de que le montaran un modesto laboratorio en Badiraguato

pero los gomeros desconfiaron de este gringuito pacheco y lo corrieron a punta de balazos.

Vivió un tiempo en Michoacán, instalando sistemas hidropónicos en unos ranchos marihuaneros cerca de Pomacuarán. Su trabajo ayudó a cuadruplicar la producción de mota, pero cuando los narcos descubrieron que lo que ganaron en cantidad lo perdieron en la intensidad de la yerba, le pusieron precio a su cabeza y tuvo que huir una madrugada a medios chiles entre media botella de charanda y siete churros de su propia producción que, efectivamente, no ponían nada.

Siempre un hombre suertudo, en un bar de Colima dio con varios cocineros de cristal, sujetos expertos en preparar metanfetaminas caseras. Les propuso un negocio: enseñarles a optimizar sus laboratorios, profesionalizarlos, a cambio de alojamiento, comida, cerveza y mota. Aceptaron gustosos.

El trabajo de cocinero puede hacerlo cualquiera que haya pasado por un laboratorio de química de secundaria. El problema era que la mayoría de ellos desdeñaban las medidas de seguridad más elementales por dos razones. La primera era el glamour que daba entre sus colegas vivir en el filo de la navaja. La segunda es que a una temperatura ambiente de 42 grados Celsius con humedad del noventa por ciento nadie quiere traer guantes, goggles y equipo de protección.

Por ello se podía identificar a los cocineros a simple vista: hombres mermados por los vapores tóxicos del laboratorio a quienes el cabello se les caía a mechones, dejándoles el cráneo lleno de calvas que los hacían parecer sobrevivientes de una explosión nuclear.

–Nou sean pendejous —decía Banana Smith, que lo primero que había aprendido a decir en español eran las groserías, escuchadas en las cantinas mexicanas de East L. A.—, proutéjansen del toxic waste. ¡Se van a mourrir prontou, cabrounes!

Fue muy claro quiénes fueron aprendices de Banana Smith. En poco tiempo los cocineros locales profesionalizaron sus laboratorios, aprendieron a comprar sus químicos en los laboratorios de Guadalajara en lugar de usar ácidos de las baterías de coche y sosa de construcción. Muchos opinaban que aquélla era una buena inversión.

Era un círculo virtuoso dedicado al vicio. Los cocineros producían grandes cantidades de cristal y foco, que les compraban los capos locales. Banana se mantenía fumando buena yerba tumbado casi todo el tiempo en una hamaca mientras escuchaba sus discos de Sublime, y todos eran felices.

Una situación tan idílica no podía durar mucho tiempo.

El problema, lo descubrió Banana muy pronto, era obtener la efedrina. Algún tiempo lograron aislarla del alimento para pollos, pero se dieron cuenta de que resultaba demasiado trabajo para la cantidad que obtenían (y que la policía les echaba el ojo a aquellos que misteriosamente compraban toneladas de alimento sin tener granja alguna).

En el ambiente de los cocineros conoció a la Vaca, un maestro rural pachequísimo que después de dar sus clases le gustaba mezclarse con cocineros, sicarios y Banana, entre otras razones porque siempre tenían de la buena. A pesar de que Banana no hablaba bien el español y que

la Vaca no mascaba una palabra de inglés, ya bien grifos podían platicar por horas y horas.

Una noche, mientras se daban un toque Banana le compartió su problema. Mientras no hubiera efedrina, el negocio de las anfetas tendría un cuello de botella insalvable.

–Carnalito, eso no es problema —decía la Vaca entre toque y toque—. No para un sabio como tú.

–Whattaya mean?

–¿Pues por qué no la siembras?

Banana Smith le explicó a su drug buddy que no era tan fácil, que se trataba de una planta muy delicada que sólo se daba en ciertos climas y que la cantidad requerida era tan grande que...

–Párale, párale, pinchi gringo. Por eso te digo. Lo que tú necesitas es un socio capitalista.

–An entrepreneur?

–Éxcale, mi chingón. ¿A poco teniendo los recursos no podrías cultivar kilos y kilos de efedra?

–Well, yeah, but...

–Ni madre. No se me haga pendejo. El esquema de negocio que tenía aquí ya dio de sí, ¿qué no?

–Maybe, but...

–Nada, nada. Tiene que cambiarle de casete, mi wearever. Usté sabe que todos estos cabrones la van a cascar pronto, ¿o no?

–Yeah. Most of them, at least.

–¿Ha pensado a dónde se va a ir cuando se le muera el último de los cocineros?

–Uh, nope.

–Aistá, es momento de moverse. ¿A poco cree que esta

bola de cabrones va a meter las manos por usté a la hora de los chingadazos?

–I'm not sure…

–Bueno. Pues usté lo que necesita es moverse a las grandes ligas. Dejar a esta punta de culeros y aprovechar todo lo que aprendió en la escuela. No me diga que no podría hacer una de esas modificaciones genéticas que usté hace y hacer una efedra de verdad chingona.

–Well, theoretically, it is possible, yeah.

–Tons lo que usté necesita es pasar de la teoría a la práctica. Y yo le voy a dar un tip. ¿Conoce un pueblo en los límites de Jalisco que se llama Pagano?

–Yeah.

–Pus a cuarenta kilómetros de ahí hay un laboratorio chingón, hijo. Acá, subterráneo, donde producen chingos de porquerías.

–You mean, drugs?

–Pus a güevo, mi Platanín, si pareces nuevo. Estoy seguro de que esa gente estará encantada de ocupar tus servicios al precio que valen.

La Vaca dio una calada profunda al churro. Sostuvo el humo unos instantes y luego dijo, mientras dejaba escapar volutas de humo:

–¿Qué haces aquí, desperdiciando tu talento entre esta bola de ojetes?

Ojetes. Gente mala. Mean people, pensó Banana.

–You're right. I'll do that.

–Pus a güevo.

Agradecido, Banana Smith le dio al maestro rural una tableta de LSD que había estado guardando para una ocasión especial.

–Tsss, maestro. ¿Un Fat Freddy? ¿Así de planisferio?

Banana Smith le explicó que aquella noche la Vaca le había abierto los ojos en una epifanía.

–N'ombre, chido, compa.

A los dos días atropellaron en un camino rural a la Vaca, que iba hasta la madre del LSD sobre su bicicleta. Murió con el cuello roto y una sonrisa en los labios.

Tras el funeral, Banana Smith echó sus pertenencias a un morral y salió hacia Pagano.

26

FUE UN VELORIO POCO CONCURRIDO, EL TUYO, ESA misma noche.

Algunos parientes. Tu madre anciana. Tu hermana. Pocos policías.

Tus dos niños lloraban frente al ataúd. Brenda, la niña, estaba sentada en un rincón. Callada. La mirada inyectada de rabia.

–Estamos con ustedes —murmuré al inclinarme para abrazar a tu viuda. Pude sentir cómo se crispaba al tocarme después de que el Járcor le diera el pésame.

–Puta —murmuró en mi oído.

Podría haberle roto el cuello ahí mismo. ¿Lo sabía desde siempre? ¿Le habías dicho algo?

–Buenas noches, señora —dije al separarme. Di la media vuelta y salí del velatorio sin voltear a verte, tu cuerpo rodeado de cirios y dolientes. Ni siquiera me despedí de Rubalcava y el Járcor.

Trepé en mi moto. Revolucioné el motor antes de arrancar. Buscaba consuelo en su bramido.

–Es una Cagiva Mito 125. Son buenas motos —dijiste el día que la compré, en la subasta de vehículos. Yo quería

la Harley, pero me recomendaste no comprarla. No son pocos los que han comprado una moto decomisada que han acabado muertos a tiros, confundidos con el dueño original.

La moto era de un defraudador. Un empleado bancario que se quiso pasar de listo. Nadie lo hubiera descubierto de no haberse comprado quince motos y un Corvette.

Le echaron veinte años. A ti te tocó arrestarlo. Desde ese momento le echaste el ojo a su moto. Tu esposa jamás te hubiera dejado tenerla. Por eso me dijiste que la comprara. Era una forma de tenerla.

Y de tenerme a mí.

Esa misma tarde fuimos a una tienda que conocías, a comprar mi chamarra de piel.

La misma que traigo puesta ahora, aquí, sentada en la sala, de madrugada, bebiendo una de tus cervezas.

Llorando.

Pienso en ti y no puedo asimilar que ya no estés aquí. Que nunca volveré a escucharte llegar por las madrugadas a mi departamento, gruñendo frases incomprensibles mientras me contabas lo que habías hecho en tu día libre con el Pollo.

Platicabas conmigo unos minutos mientras bebías a sorbos una cheve hasta que de repente, como no queriendo, deslizabas tu mano hasta la mía y acariciabas mis nudillos con las yemas de tus dedos callosos de policía.

Era una caricia torpe, casi tímida. Como si temieras que te rechazara.

Luego tu mano brincaba como una tarántula hacia mi rodilla. La sobabas en círculos. Al ver que no protestaba, deslizabas tu palma por mis muslos. La timidez, olvidada.

Para cuando tus dedos se cerraban apretando mis senos, ya nos besábamos con furia, mordiéndonos. Lastimándonos. El preludio violento que anunciaba un coito rápido en el piso de mi sala, nuestros cuerpos sudorosos trenzados en un abrazo que semejaba una llave de lucha libre.

Al separarnos, jadeantes, mirábamos por largo tiempo el techo, recuperando nuestra respiración. Mi abdomen lleno de moretones, tu espalda surcada de arañazos profundos.

–¿Hace cuánto que no vamos a comer a los chinos? —preguntabas. O alguna cosa parecida. Charlábamos unos minutos antes de que te levantaras para vestirte.

–Ahí la vemos —decías siempre desde la puerta, antes de salir. Me quedaba sola. Abismada. Esperando que volvieras. Nunca más lo harás.

¿Dónde te conocí? ¿Por qué de golpe tu rostro me resulta tan difícil de recordar? Tus rasgos se convierten en una mancha difusa. Unas gafas Ray-Ban, un bigote como el de millones de mexicanos. Tu cabello rapado.

Sin embargo, no puedo recordar tus ojos. Ni tu boca. Parece que hubieras estado ahí toda la vida. Por lo menos desde el primer día que entré a trabajar a la policía. Eras uno más. No especialmente bien parecido ni inteligente. No eras de los rucos pero tampoco tan chavo como el Járcor o yo.

¿Cómo fue que hablamos por primera vez? Los recuerdos se me escapan, parecen huir para mitigar un poco el dolor de saber que no te volveré a ver.

Estabas casado. Tenías tres hijos. Dos niños y Brenda. Me acuerdo mucho de ella porque la regañabas todo el tiempo, como si no le perdonaras el haber nacido mujer.

Como papá conmigo.

Tu hija llamaba a la oficina para preguntarte cosas de la escuela. El rostro se te enrojecía, le gritabas con furia. ¿Qué culpa tenía?

Tus dos hijos eran unos cabroncitos. Desde chicos. Igual que tú.

De tu mujer nunca hablabas. No conmigo.

¿Fuimos a un curso? ¿O a entregar a alguien a algún lado? Me quiero acordar. Un narco menor que cantó. Había que escoltarlo hasta Ciudad Juárez. Ahí lo esperaba la DEA. Nadie quería llevarlo.

Rubalcava nos mandó a ti y a mí.

"Puta madre", pensé. ¿O crees que no me daba cuenta de cómo me veías las nalgas todo el tiempo? ¿De cómo le veías las nalgas a todas todo el tiempo?

Pero conmigo tu mirada era diferente.

No más tierna. No menos lasciva. Sólo diferente.

Los de la DEA no quisieron mandarnos un avión de ellos. De acuerdo con el artículo 21 del tratado de extradición entre México y Estados Unidos, estaban obligados a pagar el transporte del detenido, pero no el de los agentes que lo escoltaríamos. La Procuraduría absorbió el costo.

Lo llevamos desde el Reclusorio Norte hasta nuestro hangar. Fuimos en tu patrulla, escoltados por el ejército. Se suponía que era un operativo secreto, pero a veces se filtra información. Alguna vez en Los Mochis voló en llamas una furgoneta con un testigo de ésos y seis agentes.

Todo el camino fuimos en silencio. No hablamos ni tú ni yo ni el testigo protegido. Sólo de tanto en tanto la radio rompía el silencio.

Fue un vuelo de cuatro horas. Íbamos rodeados de soldados y dos agentes de la DEA. Al parecer era un sujeto pesado. Más que narco parecía un profesor universitario. "Estoy volviendo a entrenar judo", me dijiste apenas despegamos, "tengo deshechos los dedos de los pies." "Se llaman ortejos", dijo el testigo. "¿Perdón?", dije. "No se llaman dedos los de los pies. Se llaman ortejos", aclaró. Me sorprendió escuchar su voz suave, sin acento marcado. Luego supimos que era un asesor financiero de algún cártel. No volvió a hablar hasta que lo entregamos a los gringos.

Llegamos a las oficinas de la PGR en la avenida Lincoln apenas unos minutos después de bajar del avión. Nos esperaban varios agentes locales que nos escoltaron. Conocías a varios.

–Ese Chichicú, yo te hacía a las órdenes del cártel de Juárez.

–No me chingues, Armengol.

–Mi querido Pato Lucas, pensaba que te habías ido a cambiar de sexo a Tucson.

–¿Qué pasó, chaparrito, ya se lleva?

Nos esperaban los agentes de la DEA. Una pequeña escolta de marranos armados hasta los dientes. A cargo iban un gringo y un latino.

–El mismísimo Henry Dávalos —saludaste al Paisano.

–How ya doin, Army? —te contestó.

–No mames, pinche Paisano, ¿ya se te olvidó el español?

Dávalos no contestó.

El gringo nos dio unos formularios de extradición para firmar. Intercambiamos papeles con ellos. Nadie habló durante todo el trámite.

–Mister Saldaña —dijo el agente latino al prisionero—, you are now under the custody of the federal authorities of the United States. You may remain in silence...

–No mames, Dávalos —contestó el prisionero—, ¿ya no te acuerdas de los pasesotes que nos dábamos con el Señor, en su casa de Mazatlán?

El agente se puso como un tomate. El gringo, al parecer, no entendió nada.

Cuando acabó todo nos registramos en un Fiesta Inn cerca del puente del Chamizal. Recámaras separadas. Teníamos derecho a cenar por cuenta de la Procu.

–Aquí la comida sabe a vomitada —dijiste—, ven, te invito unos tacos.

Me llevaste al Shangri-La.

Pediste por los dos. Sopa de algas. Verduras salteadas. Pato laqueado y gelatina de lychee. Todo regado con varias cervezas Tsingtao.

–No sabía que te gustara tanto la comida oriental —te dije.

–No sabes muchas cosas de mí —contestaste casi con un gruñido. Horas después entendí que estabas coqueteándome.

Brindamos. Por la entrega.

La comida me cayó bien. Otra ronda de cervezas me hizo sentirme más relajada. No me había dado cuenta de lo tensa que me puso la entrega del señor Saldaña.

–¿De dónde conoces a Dávalos?

–Es un hijo de la chingada. Anduvo trabajando en el De Efe varios años. Habla perfecto el español y es capaz de imitar el acento de cualquier latinoamericano. Estuvo infiltrado en un par de organizaciones y cuando no estaba

de servicio era a toda madre. Nos íbamos al Sótano's, un téibol que está en el Centro, a chupar y levantarnos a las rumanas que trabajaban ahí. Era buen pedo cuando no había otros gringos cerca.

Te imaginé por un momento en ese antro. Lo conocía, el Járcor me había llevado una vez que iba a comprarle una pistola al Tiburón Gómez, un juda retirado que se dedicaba a vender todo tipo de armas. El Jar es zurdo, andaba detrás de una CZ 2075, una semiautomática checa de polímero con seguro para ambidextros. El Tibu se la consiguió. La entrega fue ahí, en el que por lo visto era el antro favorito de los judiciales jubilados. De los pocos que quedaban.

Cuando nos sirvieron el postre, helado de vainilla con menta, pediste una jarra de té de jazmín. Me dijiste que lo tomara sin azúcar, que así se disfrutaba más el sabor.

–Me saliste muy conocedor de la cocina china. ¿De dónde sabes tantas cosas?

–Del barrio chino, en la calle de Dolores. Eso está a la vuelta del Sótano's.

Salimos del Shangri-La a la medianoche. Nuestro vuelo de regreso salía a las nueve de la mañana. Caminábamos hacia la avenida para tomar un taxi cuando tomaste mi brazo con una delicadeza de la que te supuse incapaz. Tuviste que ponerte de puntitas para decirme a la oreja:

–¿A poco ya te quieres ir a dormir?

Mi primer impulso fue partirte la madre. Pero algo me detuvo.

Concretamente, la suavidad con la que las yemas de tus dedos acariciaban mi antebrazo.

–¿Adónde me vas a invitar?

La Cucaracha es un bar que está sobre la ruidosa avenida Juárez apenas a unos metros del puente internacional. Es lo primero que ves de México. O lo último, según de dónde vengas.

Apenas entramos, el ruido de la calle pareció quedarse fuera, como si no estuviera invitado. Agradecí el silencio. A diferencia de los otros antros donde habíamos estado bebiendo, aquí no había ningún cliente.

El local, apenas iluminado, era una bóveda alargada sobre la que se extendía una gran barra. En medio, dos mesas de billar. Al fondo, una rockola. De las paredes colgaban instrumentos musicales y pósters de películas viejas.

El cantinero, un hombretón hosco que me recordó a un grizzly ojeroso, te saludó con un gruñido y sin preguntar puso un par de caballitos de tequila frente a nosotros, golpeándolos sobre la barra.

–Salud, Roberto —dijiste mientras llevabas el vaso hasta tus labios.

Gruñido.

Cuando me vio observar un póster de los hermanos Marx, Roberto dijo:

–Una vez, Groucho se encontró con un cura en un aeropuerto. El sacerdote se acercó a él y le dijo: "Perdone, señor Marx, ¿podría darme un autógrafo? Es para mi madre, que es gran admiradora suya".

Pausa para beber de su trago. Tú y yo lo observábamos, atentos.

–"No sabía que los sacerdotes tenían madre", le dijo Groucho —y rompió en una carcajada. Me sorprendió, no parecía que pudiera reír.

–Salud, salud —brindaste.

–Por Groucho —dijo Roberto. Yo bebía en silencio, sonriendo.

Un grupo de adolescente gringos entró por la puerta. Venían pedos, riéndose como idiotas, gritando. Roberto caminó hacia ellos. Vi que cojeaba.

–No service. Out —les gritó.

–Sez who? —"¿Quién dice", desafió un gringuito pecoso.

–Mmm, compadre, no sabes en la que te metes —murmuraste, como diciéndome a mí mientras terminabas tu tequila.

–Says me, asshole —repuso Roberto mientras sacaba una escopeta de debajo de la barra y cortaba cartucho. A los güeros se les cortó la peda—. Now, fuck off y sáquense a chingar a su madre.

Se esfumaron. Roberto guardó el arma y regresó con nosotros.

–Pinches pendejos, nomás arman desmadres —dijo entre dientes mientras llenaba de nuevo nuestros vasos.

¿Cuánto bebimos? No lo recuerdo. En algún momento pusiste música en la rockola. Algo de música disco. Bailamos mientras Roberto se esmeraba en limpiar la barra con un trapo. Más tarde llegaron dos parejas. El cantinero los saludó con la misma familiaridad hosca antes de servirles unos tragos.

Dos de ellos era reporteros de un periódico de El Paso, venían del cierre. Los otros dos estudiaban letras en la UTEP. Eran más jóvenes que yo. Mucho más chavos que Roberto y tú.

Platicamos todos como si fuera una reunión de amigos. Cada tanto algún turista intentaba entrar sólo para que el dueño lo corriera groseramente.

En algún momento Roberto y una de las chicas se pusieron a jugar billar. En la rockola sonaba "Nereidas".

Bailábamos solos en medio del gran espacio del local. Debemos habernos visto muy extraños, yo al menos te sacaba una cabeza.

Me sentía mareada. Demasiado tequila.

–Durante la prohibición, éste fue un prostíbulo famoso —me decías al oído mientras llevabas el compás del danzón. Nunca fui buena bailando—. Dicen que había un columpio por el que se deslizaba una mujer desnuda todas las noches.

–Absolutamente cierto —dijo el cantinero desde la mesa de billar; debe de haber tenido oído biónico—. La música nunca paraba.

Fuiste deslizando tus manos hacia mis hombros. De ahí, descendieron lentamente a mi cintura. Cada vez bailábamos más despacito. La música y el sonido de las bolas de billar entrechocando era un murmullo, ruido blanco de fondo.

Me observabas a los ojos con mirada inyectada. Cada que te acercabas a decirme algo, podía oler tu aliento alcohólico. Me gustaba.

Susurraste algo a mi oído. Tenías que pararte de puntitas para hacerlo.

–¿Qué?

Con una suavidad de la que te hubiera creído incapaz, cerraste el espacio que había entre nuestros labios. Cerré los ojos para gozar la humedad de tu lengua.

–Que si nos vamos a otro lado, dije.

Y volviste a morder mi boca.

Me tomaste de la mano. Fuimos hasta la barra por tu

saco y mi chamarra. Sacaste un billete de la cartera para pagar.

–Me ofendes. Invita la casa, viejo —dijo Roberto sin levantar la mirada del paño.

Te despediste con un ademán y salimos sin decir nada.

–¿Pero de qué vive este changarro?

No me contestaste. Afuera, la avenida Juárez nos recibió ruidosa.

Caminamos entre padrotillos, putas travestis, oaxaqueños que vendían artesanías, chavos góticos, emos, metaleros, mexicanos vestidos de cowboys, gringos jubilados de ojos vidriosos y venas saltadas en los brazos, dilercillos de coca, fanáticos de un equipo de beisbol que festejaban algún triunfo, gringuitos de las high school de El Paso jugando a emborracharse, cumbiancheros, cholos, pachucos posmodernos, parejas de lesbianas, obreros de las maquiladoras, de las pocas que quedaban, poetas locales enamorados de la zona roja, niñas vendedoras de flores y futuras muertas de Juárez.

Acabamos bailando en un antro de chamaquitos donde daban las cervezas al dos por uno. "Lunes Unibercitarios", decía una cartulina. Así, entrecomillado.

Yo llevaba una blusita de tirantes y tenis converse. De ti no recuerdo más que tenías una pinta de juda que no podías con ella. Bailamos entre adolescentes. Una morrilla se me acercó, contoneando las caderas. La cara que puso cuando le agarré las nalgas y tú los senos.

Nos corrieron a las cuatro. "¿Adónde nos vamos, adónde nos vamos?", decían unos chavillos. "Vénganse, al fin que la gordita puede con todos", dijo uno. Tú le rompiste los dientes de un putazo que lo dejó tirado en la banqueta.

–La gordita ya tiene a su hombre, pendejo.

Me tomaste de la cintura y nos fuimos. Ninguno de sus amigos se metió a defenderlo.

¿Cómo acabamos besándonos en el cuarto del hotel? ¿En qué momento te la sacaste sólo para descubrir los estragos que el alcohol había provocado en tu tensión eréctil? "Es la primera vez que me pasa, es la primera vez que me pasa...", murmurabas arrastrando las palabras.

Nunca volvió a sucederte.

La primera luz nos sorprendió desnudos sobre la cama del hotel, tu brazo sobre mi cadera, abrazados como cucharitas.

–Vvámonos... —susurraste. Nuestro avión salía en un par de horas. Apenas tuvimos tiempo de bañarnos para ir al aeropuerto. En el camino le pediste al chofer de la Procu local que se parara en un expendio de lotería.

Bajaste a comprar un Melate. De ésos de números aleatorios.

–Toma —me dijiste—, pa la suerte.

Y caíste dormido.

–No mames. ¿Cuándo va a salir premiado un Melate con el 23, el 33 y el 53?

Pero ya no respondiste en todo el viaje. Eras un bulto.

Por supuesto, tu Melate no salió premiado. Pero desde entonces, todas las semanas comprabas uno, de los aleatorios, y me lo regalabas. "Pa la suerte, pa la suerte", decías siempre. Y desde esa noche, me visitaste todas las semanas. Tomando la precaución de no beber mucho antes de llegar.

Hoy, mientras me bebo la última cerveza que dejaste en mi refri, observo el último Melate que me trajiste. 15,

47, 30, 52, 48, 23. Una combinación tan perdedora como todas las demás que compraste durante meses.

Pero por alguna razón que desconozco, no soy capaz de soltar el billetito, cuyos números se me vuelven borrosos por las lágrimas y mientras beso el vidrio de la botella de cerveza como buscando tus labios torpes descubro que el líquido se entibió entre mis manos y antes de que sea capaz de pararme a tomar otra beso el Melate, sabiendo que no encontraré en él tus besos y lo doblo a la mitad para guardarlo en mi cartera en un acto que pensaba propio de adolescentes cursis y me quedo dormida en el sofá entre sollozos, acompañada tan sólo por la certeza de que jamás volverás.

Mientras el sueño disuelve la sala de mi departamento en una espiral borrosa que parece llevarse consigo el recuerdo preciso de tus rasgos, una palabra bailotea en mi cráneo, retumbando como en una caverna.

Venganza.

27

La Hummer avanzó por una calle que al Paisano le hacía pensar en Torreón, si Torreón estuviera a la orilla del mar.

–En ese hotel vivió William Burroughs —dijo Saíd, el marroquí que hacía de guía y enlace con los locales.

–Me vale verga —respondió el Paisano y escupió en el piso para zanjar la conversación. El árabe no entendió la sutileza e insistió en hacerle plática a su cliente, sin que éste le contestara.

–¿Falta mucho? —preguntó el mexicano después de algunos minutos de serpentear por las calles de Tánger.

–No mucho, sahib —al moro le llamaba poderosamente la atención este mexicano, que hablaba con un acento curioso, que llevaba el cabello en rastas y viajaba solo a hacer negocios. Allá él.

Después de un rato las calles pavimentadas dieron paso a caminos de terracería. "Como cuando llegas a Cuencamé", pensó el Paisano.

–Eso que ve ahí es un cementerio romano. Es de tiempos precristianos —porfió el morenito.

–Ajá —dijo el mexicano y se conectó a su iPod. Eligió

una canción de Vader, subió el volumen al máximo y comenzó a tocar la batería de aire. Tras unos segundos sintió al árabe palmear su muslo.

–¿Qué? —preguntó malhumorado.

–A mi sahib le gusta el rock pesado, ¿ah? —y comenzó a tararear "Whole Lotta Love" de Led Zeppelin. El Paisano lo calló con un puñetazo en la nariz. Esta vez el árabe permaneció en silencio hasta que llegaron a su destino.

El chofer dijo algo que el Paisano interpretó como "aquí es" en árabe. Se apearon de la Hummer, el Paisano vestido de cuero negro y el moro de la nariz rota con un caftán de algodón. El sinaloense no se separaba de su chamarra ni siquiera a las orillas del Sahara.

–Dile que nos espere —ordenó el mexicano. El otro obedeció.

Caminaron por una calle sin pavimentar que podría estar en cualquier ciudad del tercer mundo hasta un portón de herrería que abrió el árabe. Dentro, había una casita de una planta donde varios sujetos fumaban quife. El Paisano no pudo evitar ver con cierto asco el fumadero.

–Bor agá, sahib, bor agá —indicó el guía con lo que le quedaba de voz.

Salieron a una terraza que daba al mar. El lugar hizo pensar al sinaloense en una marisquería acapulqueña. Se trataba de un restaurantito colocado en los desniveles naturales de la escarpada. Francamente un lugar bastante pinche para verse con el hampa local.

–Hasta aquí llegas tú, chavo. Desde aquí voy solo —indicó el Paisano. El árabe no alegó nada.

Había varias mesas pintadas de azul chillante. En la única ocupada lo esperaba un grupo de árabes bebiendo

Hawaii, un refresco local de naranja que al mexicano le supo a madres.

El Paisano caminó hasta ellos y saludó con una leve inclinación de su sombrero vaquero, murmurando "buenas, buenas". Los árabes respondieron asintiendo levemente.

–¿Se puede? —preguntó el Paisano, señalando la única silla vacía. Se sentó sin esperar respuesta. Metió la mano al interior de su chamarra. Todos se pusieron tensos.

–Tranquilos, compas, tranquilos… —y sacó una cajetilla de Príncipes; prendió uno con un encendedor decorado con el logo de White Zombie. Dio dos o tres caladas antes de hablar de nuevo, su mirada inescrutable detrás de los anteojos Ray-Ban de espejo:

–Así que, ¿quién es el efectivo aquí?

Todos señalaron a uno que miraba fijamente al mexicano.

–¿Alguna duda? —preguntó el Paisano, dejando escapar volutas de humo.

El moro, cuyo rostro recordaba los retratos de Emiliano Zapata de los libros de texto de las primarias mexicanas, negó lentamente.

–Entonces, recapitulando, nuestros barcos llegan a Tánger de Tampico. Barcos plataneros. O papayeros, da lo mismo. Doble fondo.

El árabe asintió.

–Su empresa, la importadora, los recibe en el puerto. Hasta ahí llegan los mexicanos. Ustedes se comprometen a poner la carga en Algeciras y de ahí llevarla a Madrid.

Nuevo asentimiento.

–Ahí se la entregan de nuevo a nuestros… agentes

distribuidores. Nosotros hacemos el resto. Ustedes llevan su siete por ciento.

–Diéj —dijo por fin el árabe. El Paisano supuso que eso era "diez" con acento árabe. O andaluz, que le sonaban igual.

–Jiete —repuso sin parpadear.

Al unísono, como en un video de hip hop, los árabes desenfundaron sus pistolas. En segundos, ocho ojillos metálicos miraban fijamente al Paisano.

–Diéj —repitió el jefe.

El mexicano siguió fumando. Dio una calada. Exhaló el humo por la nariz. Aspiró de nuevo. Una vez más, hasta convertir su cigarro en ceniza. Lanzó la colilla al mar con un chasquido de sus dedos.

–Ah, qué pelaos tan regulares —rezongó. Se incorporó lentamente, seguido por los cañones de las armas de sus anfitriones.

Con suavidad deslizó hacia abajo el cierre de su chamarra, siempre escrutado por sus socios comerciales.

–Hace calorita, ¿qué no? —dijo al tiempo que se quitaba la chamarra con la delicadeza de una desnudista. Cuando la dejó caer a la silla, los moros apartaron sus pistolas, aterrados.

Todo el torso del mexicano estaba cubierto de bloques de C4 del tamaño de barras de chocolate. Los explosivos plásticos estaban unidos por un cable que partía de un detonador conectado justo encima del pecho del Paisano. La clase de mecanismo que se acciona al momento de detenerse los latidos del portador.

–Perdonen que insista, raza, pero va a tener que ser jiete por jiento. O aquí nos llevó la chingá a todos.

Los miró fijamente. Estaban aterrados. Conocían bien esos explosivos.

–Ta güeno. Si no tienen inconveniente, lo dejamos por escrito por aquello del no te entumas —sacó de su chamarra un contrato que extendió hasta el jefe. El moro lo tomó y lo firmó por duplicado con mano temblorosa.

–Bueno, racita, fue un gustazo hacer negocios con ustedes. Ái la vemos —dijo al tiempo que tomaba una copia del contrato y se ponía de nuevo la chamarra. Sin temor alguno se dio media vuelta y salió del lugar.

Mientras subía por las escaleras hasta el fumadero sacó de su bolsillo un teléfono Inmarsat y marcó el número de su sobrina Lizzy. La chica contestó al tercer timbrazo desde una discoteca en Frankfurt.

–Yastuvo, mija —informó el Paisano y colgó sin esperar respuesta. Entró al fumadero, donde lo recibió el aroma resinoso del quife.

–¿Quihubo?—dijo sin detenerse a su guía de nariz rota, que se aplicaba una compresa con hielo sacado de una cubeta de refrescos. El Paisano siguió de frente hasta la calle, donde abordó la Hummer y le ordenó en inglés al chofer llevarlo a los muelles, donde ya lo esperaba un hovercraft Suna-X para devolverlo a Algeciras.

No esperó a su guía, al que alcanzó a ver gritando en el espejo retrovisor de la Hummer.

28

Henry Dávalos espera impaciente.

Toda la mañana camina en círculos dentro de su oficina. Cada tanto asoma la cabeza y pregunta a Janet, su secretaria:

–¿Ya llegó?

–No, jefe, aún no.

Y regresa a dar vueltas. Come un caramelo de menta tras otro. Son los momentos en que añora el tabaco.

"Stupid Bruce", piensa malhumorado. ¿Cómo se le pudo ocurrir a su contraparte de la oficina de Brownsville mandar una información tan importante por FedEx?

–Es para no llamar la atención, Henry —le había dicho el día anterior por teléfono.

Asshole.

Hacia las once de la mañana aparece la camioneta con el sobre. Henry la ve llegar desde la ventana y corre a recibir al mensajero. Firma apresuradamente las formas y desgarra el sobre mientras sube por las escaleras.

–That's the one? —pregunta Janet en inglés, que no es gringa pero le encanta farolear.

–Yep.

Dentro apenas viene un DVD en un sobre, sin rotular ni nada. Dávalos lo desliza dentro de su computadora y comienza a ver sin siquiera sentarse.

Una carita feliz amarilla aparece en la pantalla negra. Después comienza a sonar una delicada pieza de piano.

En la pantalla un grupo de hombres amarrados claman piedad. Poco a poco cada uno de ellos es ultimado con un tiro de gracia, burdamente captado por una cámara que aparentemente sostiene la misma persona que dispara. Al fondo se oye música que Dávalos ha escuchado cientos de veces pero no logra identificar.

–Las *Gimnopedias* —dice Janet desde la puerta, interrumpiendo a Henry en su observación del video.

–¿Qué es eso?

–Las *Gimnopedias* —repite ella mientras entra a la oficina y se sienta en la silla de Dávalos a ver la pantalla. A él le sorprende que la mujer ni siquiera parpadee al ver cómo un hombre es asesinado a sangre fría—; es una serie de piezas para piano compuestas por Erik Satie a fines del siglo XIX. O principios del XX. Francés, él.

La mujer se le queda viendo fijamente a su jefe, quien no acierta qué hacer o decir.

–¿No me vas a preguntar por qué sé eso?

–No.

–Estudié ballet de niña. Y aunque no son piezas compuestas deliberadamente para bailar, alguna vez mi maestra las usó para una coreografía. En la clase de danza moderna.

–I couldn't care less.

–Aunque no te importe, jefe, podía ver en tu cara que

reconocías la música pero no su título. Bueno, es que se ha usado mucho en cine y comerciales.

Es cierto. Suena como música para un comercial de pañales o biberones. Aunque cada tanto fuera contrapunteada por el alarido de alguien a quien mataban en la pantalla.

Cuando termina la masacre, la misma persona que ultimó a los hombres toma un spray y dibuja en la pared un círculo al que añade dos ojitos y una sonrisa.

–Qué enfermo, jefe. What the fuck is that?

–Esto, Janis, es la última moda entre los coleccionistas de algo que han dado en llamar Extreme Performance Art. Es una... —Dávalos revisó su computadora— videoinstalación.

–¿Eso es arte?

–Es lo que dicen. Este DVD fue encontrado entre la colección de un asesor financiero de narcos al momento de ser arrestado en Texas. Al tipo lo investigan por lavado de dinero. Parece que es asesor de varios capos colombianos.

–¿Y por qué lo tienes tú, boss?

–El director de nuestra oficina en Brownsville, Sterling...

–Lo conozco, gordito él.

–...me llamó ayer para decirme que habían encontrado este video entre las cosas del sujeto arrestado. Le llamó la atención que un financiero norteamericano tuviera entre sus cosas una película snuff. Ello en sí mismo es un delito grave.

–Ajá... —Janet esperaba algo más espectacular. Esto comenzaba a aburrirle.

–A Bruce le llamó la atención que este hombre tuviera

el DVD entre su colección de arte. Parece que se trata de un auténtico connoisseur.

–So?

–Janet, ¿te he dicho que eres insoportable?

–Un dolor en el culo. ¿Qué tiene todo esto que ver con nosotros?

–Bruce reconoció la escena por unas fotos que le mandó nuestra oficina de Guadalajara. Hace unos meses, esta gente apareció muerta en una bodega de Mazatlán.

–¿Y luego?

–Creemos que puede haber una conexión interesante aquí. Este hombre, el financiero, no tiene contacto directo con los capos mexicanos. ¿Por qué tiene grabada una matanza que normalmente subirían al YouTube entre sus piezas de arte moderno?

–Beats me, jefe. No lo sé. Dímelo tú, que por eso eres el Big Potato.

–No lo sabemos, pero creemos que hay un nexo aquí que estamos perdiendo de vista. Algo que une a los narcos mexicanos y estas ejecuciones con el mundo de los coleccionistas de arte.

Janet se le queda viendo con esa expresión que tanto irrita a Dávalos y que parece decir "eres un imbécil".

–Bueno... —murmura el jefe—, es apenas una corazonada.

–¿Y por esto esperaste ansioso toda la mañana al chico de FedEx?

–Well, yeah...

–Ay, jefazo —y tras decir eso Janet da media vuelta y sale de la oficina, dejando a Dávalos sintiéndose un tarado.

29

Dicen los que estaban ahí el lunes por la mañana que se escuchó un madrazo en los vestidores de hombres como si alguien azotara la puerta todo mundo se puso en alerta algunos los que no estaban en calzones quisieron desenfundar sus armas pero que la gordita fue más rápida antes de que nadie se diera cuenta ya estaba metida hasta el fondo preguntando que dónde está el Pollo que dónde está el pinche Pollo y que pues todo mundo se sacó mucho de onda porque venía muy alterada luego alguno hizo la broma de que había tirado la puerta del vestidor a patadas pero resulta que no era broma que la gordita venía enfurecida y que tumbó la puerta a madrazos quién la viera tan bonita de cara que es pero el caso es que venía hecha una furia preguntando por el pinche Pollo que dónde anda el cabrón cómo vendría la canija gorda que le dio miedo a todos los judas le dijeron quel Pollo no había llegado que ese día no había ido al gimnasio y que ella les grita no se hagan pendejos dónde anda el hijo de la chingada y que Poncho el masajista ciego que da fisioterapia en el gimnasio le dijo quel Pollito no había ido hace dos días que estaba muy

afectado por la muerte de Armengol ¿ah sí? que le dice la Andrea si estaba tan afectado por qué no fue a su velorio el muy puto pal caso por qué no fue ninguno de ustedes bola de culeros y que nadie le dijo nada y eso que la tropa es bien filosa cábulas los cabrones pero eso sí les dijo Andrea cuando el Armengol andaba de espléndido ái andaban todos pegados a él en las cantinas como aquella vez que le pegó a tres números del Melate ¿o ya se les olvidó ojetes? entonces que Enrique Rabadán le dijo que no fuera así que a todos nos afecta la muerte de un compañero pero siempre escama que por eso ninguno había ido al velorio ¿a qué va uno Andrea? ¿a ver a la viuda y los niños? ¿pa qué? ¿de qué sirve? además andaba echando un bailecito se animó a decir otro Pepe Rojas creo quera por eso lo torcieron en una chingadera es el oficio es el oficio dijo uno más qué le vamos a hacer añadió otro y antes de que se dieran cuenta ya todos estaban lamentado la facilidad con que se lo lleva a uno la chingada en este pinche trabajo no faltó el que dijo y ándense con cuidado cabrones porque a ver quién de nosotros es el siguiente ¿o qué ora me van a salir con que muy honestos y muy limpios bola de rateros? no faltó el que se dio por ofendido discúlpeme compañero que dice Ponce pero todavía habemos policías honestos y que todos en el gimnasio se rieron en su cara los que ya estaban vestidos y los que andaban en toalla saliendo del vapor que eran la mayoría si hasta Poncho se rio del Ponce no mame compañero no venga aquí a darse baños de pureza porque todos saben que Ponce ha protegido a varios secuestradores piteros en Ciudad Neza de esos que secuestran abarroteros y dueños de tlapalerías pero desde luego

nadie se lo dijo ¿qué cabrones? el que me sepa algo que me lo diga en mi cara huy no lo hubiera hecho el cabrón porque Andrea que ya se estaba calmando que se prende de nuevo y que se le planta enfrente no creas que es chaparrito el Ponce debe medir casi uno ochenta pero aquélla está regrandota y luego venía con sus botas y le sacaba casi media cabeza y que se le planta enfrente y que le dice con los dientes apretados y la mirada llena de odio no te hagas pendejo Ponce todos sabemos que andas de culero nomás viendo a quién chingas y que se hace un silencio y luego el Ponce que era de los que estaba en toalla pues nomás se quedó callado bajando la mirada pero yo creo que si hubiera traído calzones puestos se le hubieran hecho como yoyos y de seguro se hubieran armado los madrazos de no ser porque alguien dijo por ahí a mí se me hace quel Pollo anda chupando porque desde que nos dijeron que mataron al Armen no se ha aparecido por aquí ni en su casa ¿cómo sabes que no ha ido para su casa? preguntó Andrea porque mi esposa es prima de su mujer y anoche habló muy preocupada que dónde andaba aquél pero yo no tuve corazón para decirle que no lo había visto y le dije que debía de andar comisionado por ahí pero yo creo que debe andar en alguna de las cantinas de la colonia Doctores de aquéllas donde iban a chupar él y Armengol entonces Andrea sin decir nada más salió de ahí tan rápido como había entrado y dicen que se subió a su moto y que se fue directo al Piquito de Oro que era la cantina favorita de Armengol que en el gimnasio todos se quedaron muy impresionados que uno se atrevió a citar aquella canción de "Contrabando y traición" por aquello de que una hembra si quiere a un hombre

por él puede dar la vida pero hay que tener cuidado si esa hembra se siente herida pero que a nadie le pareció chistoso no si no es chistoso dijo ese güey ése es el problema que mientras tanto la Andrea llegó hasta el Piquito de Oro y que efectivamente ahí estaba chupando el Pollo que llevaba ya dos días borracho pero que se le cortó la peda apenas vio a semejante animalón entrando por la puerta estaba esperándote le dijo a manera de saludo de hecho me preguntaba a qué pinches horas ibas a aparecer ¿quién fue? dijo ella ¿quién mató a Armengol Pollo? uno hace muchas pendejadas güerita empezó a decir el Pollo antes de volver a empinarse su cuba que ella le tumbó de un madrazo ¿quién fue chingada madre? a veces esas pendejadas se salen de control güerita y te vienen a cobrar la factura prosiguió el Pollo como si la gorda ni le hubiera tumbado un trago de un putazo ¿quién fue? lo peor de todo es que ahora mi vida no vale nada güereja nada no me digas güereja pendejo que soy castaña mejor dime quién mató a Armengol y en ese momento quel pinche Pollo se pone a llorar como un niño hicimos una pendejada hicimos una pendejada decía entre lágrimas dime quién fue Pollo gritaba ella pero él parecía sordo eran tantos los gritos que vino el dueño de la cantina uno que le dicen el Flaco y les pidió que o bajaban la voz o les iba a pedir que salieran de su establecimiento que era una cantina decente ¿decente? hazte pendejo pinche Flaco le dijo el Pollo en medio de su llanto si todos tus putos meseros conectan perico a razón de ochenta varos la grapa dicen que al Flaco se le fueron todos los colores y me vas a decir continuó el Pollo que no sabes que la hostess cobra doscientos cincuenta por mamada atrás de la

barra y que no llevas comisión sí cállate cerdo añadió Andrea que se volteó hacia el Pollo y dijo de nuevo ¿quién? dame un nombre yo me encargo del resto ¿o qué no era tu amigo hijo de la chingada? si bien que andabas pegado a él en sus bisnes dime un nombre y yo me encargo te juro que nadie sabrá que cantaste esto queda entre tú y yo y que le dice el Pollo en este momento no importa mi vida no vale un cacahuate vienen por mí güereja vienen por mí que no me digas güereja carajo vienen por mí saben quién soy primero se echaron al jefazo y ahora soy el que sigue es lo malo de meterse con narquillos con dilercitos de mierda nunca sabes con quién están conectados ¡¡¿con quién con quién?!! y que en ese momento el Pollo se levantó corriendo y que se salió de la cantina gritando como un loco dicen que Andrea lo quiso alcanzar pero que el Pollo corría como alma que lleva el diablo y que para cuando ella llegó a la puerta del Piquito del Oro el tipo ya iba corriendo a mitad de Cuauhtémoc gritando que vienen por mí vienen por mí y nunca se supo si alcanzó a ver el tráiler que se le vino encima pero lo cierto es que era demasiado tarde para frenar y se lo llevó de corbata como diez o doce metros antes de que se soltara de la defensa y le pasaran encima los ocho ejes del tráiler que transportaba materiales tóxicos lo cierto es que ahí quedó el Pollo convertido en una raya roja sobre el pavimento de Cuauhtémoc Andrea observándolo impotente desde la banqueta preguntándose quién había matado a Aremengol.

Eso es lo que dicen.

30

–NO PUEDES IR POR AHÍ ARMANDO DESMADRES —dijo Rubalcava molesto.

–Yo sólo quiero saber quién lo mató, jefe.

–Eso... se sabrá con la investigación —murmuró el Járcor.

–Parejita, no mames.

–No tenemos ninguna certeza, Andrea. Pudo ser un simple asalto.

–Por favor, jefe. Armengol era un policía entrenado. Iba armado. La autopsia determinó que los cortes fueron hechos específicamente para colapsarle los pulmones. Iban tras él.

–Sé que estás involucrada emocionalmente en este caso, Andrea. Por eso mismo no puedo dártelo.

Si las miradas mataran, Rubalcava hubiera caído muerto en ese instante.

–¿Qué dice, capitán?

–Que no te puedo dar el caso. Ni a ti ni al Járcor. Es demasiado cercano a ustedes.

–¿Quién lo va a resolver, entonces?

–Se lo vamos a pasar a Treviño y Luján.

–¿Está loco, capitán?

Un silencio pesado cayó en la oficina.

–Nunca… me habías hablado así, Andrea.

—Te estás poniendo roja, parejita.

La mujer los observaba con odio.

–Creo que has estado muy estresada últimamente. He decidido darte unas vacaciones. ¿Hace cuánto que no descansas?

Ella no contestó.

–Dice aquí que hace ya dos años —dijo Rubalcava observando el monitor de su computadora—; te corresponden… doce días. Tómate dos semanas completas.

Andrea no contestó. Miraba fijamente un punto perdido en el infinito.

–Vete a tu tierra, visita a tus padres. Cómete un cabrito.

Silencio.

–Yo prometo estar chingando a Treviño para que le meta presión al caso, parejita.

–Puedes ir a la playa también, Andrea. O a la montaña a escalar. ¿Me habías dicho que te gusta escalar?

–Sí le gusta, jefe. A veces vamos juntos a un escalador que está ahí por Xola y Tlalpan. Así como la ve es buena la cabrona.

–Si es una de mis mejores agentes. Igual que tú, Jar.

–Me va a hacer llorar, jefe.

–Es en serio.

–No se pongan sentimentales —interrumpió Andrea. Estaba tan roja como un camarón—. Quiero tres semanas —le dijo al capitán.

–Órale, ya vas.

–No me busquen. Me largo a la playa.

Se levantó del sillón donde había estado sentada.

–Me tomas mis recados, Jar.

–Seguro.

–No hagan muchas pendejadas.

–No.

Y salió de la oficina.

–Jar, ¿me dijo a mí que no hiciera pendejadas?

El primer día se la pasó llorando tirada en su cama, comiendo helado de vainilla de un bote de a litro de Santa Clara.

El segundo día vio cuatro películas trágicas de mucho amor: *Titanic, Amor sin barreras, Mi vida sin mí* y *Eterno resplandor de una mente sin recuerdos.* El resto del día escuchó una y otra vez un acoplado sufridor en su iPod que incluía "Everybody Knows" de Leonard Cohen, "El diario no hablaba de ti" de Joaquín Sabina (uno de sus placeres culpables), "Si tú no vuelves" de Miguel Bosé (otro), "Me gusta cuando callas" de Brazilian Girls y "Know How" de los Kings of Convenience. A medida que pasaba la tarde fue poniendo "Drunken Butterfly" de Sonic Youth, "Come as You Are" de Nirvana y "Red Right Hand" de Nick Cave and the Bad Seeds para acabar francamente encabronada escuchando "Jesus Built My Hotrod" de Ministry y "Wargasm" de L7 antes de salirse en su moto a vagar sin rumbo durante horas hasta que el primer rayo del sol la sorprendió cantando "No me hubieras dejado esa noche" de Café Tacvba a los pies de las Torres de Satélite, la mirada borrosa por el llanto y la garganta afónica.

Al día siguiente llamó al doctor Prado.

Llegó a su cita en la cafetería, apenas a unas cuadras del hospital donde trabajaba Prado. Se sentó en la mesa del fondo y pidió una Coca Zero. Decidió vestirse lo más discreta posible. Unos jeans, tenis Converse. Una playera de Metallica. Esperó al forense leyendo *Cell*, una novela de Stephen King, y escuchando a Tom Waits en su iPod. Mientras leía deseó que Armengol volviera de la tumba, aunque fuera como zombi.

Estaba tan metida en la historia que se sobresaltó cuando sintió una mano sobre su hombro.

–Ay, doctor, me asustó.

–Ni que estuviera tan feo, mija. Mejor ya no leas esas porquerías.

El médico se sentó y pidió un café. Ella ordenó una segunda Coca.

El mesero sirvió las bebidas. Andrea pudo sentir su mirada lasciva untarse por todo su busto. Sus mejillas ardieron pero no dijo nada.

Cuando se fue, el forense dio un trago a su café y dijo:

–¿En qué te puedo ayudar?

Ella fue directa.

–¿Quién fue, doctor? ¿Quién lo hizo?

El médico la miró durante unos segundos sin decir palabra. Sabía perfectamente a qué se refería Andrea.

Después de lo que pareció una eternidad, Prado comenzó a hablar al tiempo que tomaba una pluma del bolsillo de su camisa.

–Tú sabes que corren tiempos violentos. Que cualquiera que hable de más puede caer muerto al instante siguiente. Que éste es un mundo peligroso...

Garabateaba algo en una servilleta. A Andrea le pareció que dibujaba.

–Entiendo tu frustración. Sé que este hombre era tu... amigo.

Ella se sonrojó como una quinceañera.

–Pero eres una mujer joven. Puedes rehacer tu vida. Eres guapa. No faltará quien te busque.

–Nadie quiere a una gorda, doctor.

–Por otro lado, tú sabes bien que el gremio médico, como todos los medios, es muy pequeño. Que todos nos conocemos. O hemos escuchado unos de otros. ¿Te han dicho que tienes unos ojos muy lindos?

Ella se sintió confundida. Este hombre podía tener la edad de su papá. Quizá era mayor. El doctor siguió hablando y dibujando. Lo que más la descontrolaba era que no sentía que le estuviera coqueteando.

–Una incisión como la que le hicieron a tu... amigo... es una incisión muy precisa. Bien visto no hay muchos cirujanos en México ni en el mundo que tengan la capacidad de ejecutar un corte de esa precisión en un callejón oscuro. Más bien diría que se trata de una... llamémosla intervención brillante.

El hombre la miraba fijamente. Ella no sabía qué decir.

–A esos niveles, el trabajo se convierte casi en un arte. Y tú sabes bien que el trazo de un artista es inconfundible. ¿Quién podría confundir un Picasso con un Siqueiros?

¿Picasso? ¿Siqueiros?

–Ése es un trabajo de categoría. Como las pinceladas de Van Gogh. Único como una huella digital. Contundente.

Apenas un puñado de cirujanos privilegiados serían capaces de hacer una incisión así en esas condiciones. Un don como ése puede hacer millonario a alguien. Se convertiría en un famoso cirujano plástico. No en un sicario de lujo. Un talento así es como la patada de Maradona. Como la voz de Plácido Domingo. Eso, piensa en Plácido Domingo. Sé que es un ejemplo muy burdo, pero quién con esa voz se dedicaría a gritar como merolico en la Merced, ofreciendo jitomates y limones. Sólo un demente.

Andrea ya no entendía nada.

–Pero claro, alguien así es una persona muy peligrosa. Cualquiera que lo señalara pondría en peligro su vida. Yo, de haber visto una capacidad así en manos de un loco difícilmente lo olvidaría. Un alumno mío, por ejemplo. Algún practicante de hace algunos años. Un geniecillo de esos que no encajan en ningún lado. Un Hannibal Lecter para que me entiendas. ¿Viste esas películas?

–Sí, pero…

–¿Quién se atrevería a delatar a Hannibal Lecter, aun cuando reconociera su mano en un asesinato? Yo, ni de loco, mija. Mi vida no valdría ni un centavo a partir de ese momento. Y menos sabiendo que alguien así bien podría poner sus servicios a las órdenes de lo que llamamos el crimen organizado. ¿Te imaginas?

–Es que no…

–Crimen organizado. Siempre he encontrado absurdo ese eufemismo. Suena como una empresa. Muchas veces la policía y esa empresa se confunden. No sabes en quién confiar.

El forense se levantó de golpe.

–Lo que tú preguntas no tiene respuesta. No una que pueda darte nadie en su sano juicio. Y bueno, yo constantemente descubro en mí conductas obsesivas, rasgos psicóticos. Pero el suicidio es algo que aún no deseo practicar. Muchas gracias por el café.

Hizo bolita la servilleta y la lanzó hacia Andrea al tiempo que salió sin despedirse de la cafetería. Ella alcanzó a ver cómo le guiñaba un ojo.

Confundida, desdobló la servilleta.

Encontró la burda caricatura de un hombre calvo con lentes vestido con bata médica. Y una frase: "Le dicen 'El Médico'".

31

ANDREA TRABAJÓ DURANTE VARIAS HORAS EN SUS notas. Cuando terminó, se levantó para servirse una Coca Zero y comerse una rebanada fría de la pizza que había ordenado a la hora de la comida.

A su alrededor la entropía reinante iba convirtiendo poco a poco su departamento en una pocilga. Ropa tirada, envases de comida, platos y vasos reflejaban la melancolía creciente que se iba apoderando de su ánimo. Casi sintió que desde la pared el póster de Kurt Cobain la miraba con desaprobación.

–Chinga tu madre —murmuró con la boca llena de pizza—, ¿o tú vas a venir a ayudarme a limpiar?

Sintiendo un poco de culpa, escribió en su agenda una nota para no olvidar llamar a la señora Maru para que viniera a limpiar pronto y le lanzó un beso a Kurt, que permaneció inexpresivo desde su pared. "¿Quién lo quiere, quién lo quiere, güerito?", murmuró antes de releer cuidadosamente sus apuntes, escritos con letra infantil en su libreta:

Notas para una investigación

Agente Andrea Mijangos

Lo primero, dicen los manuales de investigación policiaca, es ver con calma las partes para tratar de encontrar alguna megaestrucutura que las abarque todas y en la que se puedan establecer conexiones entre los elementos.

Teníamos un policía corrupto. Me duele ponerlo en esos términos pero eso era el Chaparro. Él y su asistente se dedicaban a la extorsión de chamacos fresas metidos a narquillos y robacoches. No es un fenómeno raro. La gente se sorprendería de lo común que es ver banditas de júniors metidos a infractores nomás por diversión.

Armen y el Pollo revisaban los expedientes. Localizaban sobre todo denuncias anónimas de tienditas, o lugares donde se venden drogas. Pueden ser desde una casa hasta un predio abandonado. Los hay de todas las categorías. Pero si lo que querían era dinero, tenían que ir detrás de las de zonas ricas.

Por lo que habría que revisar todos los reportes de tienditas en colonias de clase media para arriba. No tengo tiempo para eso.

La búsqueda se reduciría si me limitara a los rumbos que frecuentaban el Pollo y Armengol para echar sus bailecitos, sus movidas chuecas. Aun así, la zona para rastrear me resulta demasiado grande. Tres semanas no son suficientes para peinarla.

Por otro lado, es claro que el asesino es de alta escuela. El Médico, le dicen. Prado no dirá ni una palabra más. Pero me queda claro que el hombre que busco pisó la Facultad de Medicina. ¿Ir a echar pesquisas a la UNAM, preguntando por alumnos brillantes medio desequilibra-

dos? La mitad de los de la carrera deben encajar en ese perfil.

Lo que queda claro es que se trata de una venganza. De alguien que además puede darse el lujo de prescindir de un sicario cualquiera. De alguien que aprecia el trabajo de calidad. Alguien con clase. Y ahí sí, la lista se encoge brutalmente.

¿Quién puede pagar a un asesino de lujo para eliminar a un judita de segunda división (eso era el Chaparro, todo hay que decirlo)?

Podrían ser:

- Políticos poderosos.
- Narcos.

Pero ni uno ni otro me parecen la clase de gente que haga del asesinato una bella arte. ¿Quieres matar a alguien? Pagas cien dólares y al tipo le meten un plomazo. ¿Que es un gallón influyente, con todo y escoltas? Pues te cuesta diez mil y lo embosca un comando disfrazado de policías. ¿Que quieres que sufra? Le mandas a un loquito de estos que se apodan la Bestia, el Malamadre o el Amigo Animales para que lo despedace. Pero siempre los acaban envolviendo en una cobija, metiendo en un tambo de ácido o colgando de los güevos en un puente mientras escuchan narcocorridos. Perdiendo el estilo, pues.

No conocen de sutilezas. Y esto, me dice el doctor Prado, es casi un poema quirúrgico.

Una tercera opción podría ser un artista despechado. Algún gay exquisito al que el Armen le hubiera roto el corazón. Entonces sí me creería lo de la búsqueda estética.

Pero...

Ni Armengol era marica (o eso me parecía cada que nos revolcábamos) ni tenía la menor sensibilidad. Todo lo que sabía de arte lo había aprendido en el Tele-Guía. No lo imagino en ese mundo.

Curioso. Ya pienso en el asesino como un artista. Pendejadas. Sólo quien no ha visto un cadáver puede pensar que la muerte es poética. ¿Qué de artístico puede tener matar a alguien?

Como los locos de los patines vestidos de gorilas.

Ahora que lo pienso, quizá tengan alguna relación. Lo investigo después.

Por lo pronto indagué en la base de datos de Delincuencia Organizada buscando infractores apodados Médico o Doctor. Obtuve trescientas cuarentaidós fichas, entre laboratoristas de anfetas, asesores financieros, torturadores y dueños de clínicas clandestinas. Ninguno se parecía a la caricatura que hizo Prado. Ninguno me vibró que fuera el hombre que busco.

No me queda duda. No ando detrás de cualquier criminal. Y eso, justamente, es lo que más miedo me da.

Pinche Chaparro. ¿Pues en qué chingaderas andabas?

32

Pocas veces Lizzy pensaba en su papá. Cuando lo hacía era inevitable recordar la brutal mezcla de ternura y violencia con que se trataban.

Su madre había muerto en un atentado. El Señor se quedó solo cuidándola. Nunca volvió a casarse y hasta donde ella supo, no tuvo otros hijos como los demás narcos.

–Contigo es suficiente, lepa cabrona —le decía.

Pese a sus negocios, el hombre se dio tiempo para cuidar a la niña. A veces hasta iba el internado canadiense de monjas donde ella estudiaba a revisar sus calificaciones. La primera vez que llegó, en una limusina manejada por Pancho con música de banda a todo volumen y acompañado de una güerota del escort, Lizzy le puso un cague fenomenal.

–Discreción, papá, discreción —le decía la niña.

La relación siempre era amorosamente tensa. Cuando Lizzy cumplió quince años el Señor insistió en organizarle una fiesta en el pueblo a la que viniera a tocar Timbiriche.

–Esos putos me cagan —le dijo la chica a su papá.

–¡Güerca cabrona! ¿Qué le he dicho de que no diga groserías?

–Perdón, apá...

La cuestión quedó zanjada con una ida a escuchar a The Cure a París para después cenar en La Tour d'Argent.

–¿Crees que vendan chilorio? —preguntó el padre revisando la carta.

–Ash, papá.

–¿De dónde me saliste tan mamerta, mija?

Hubo momentos difíciles. Cuando Lizzy le anunció que estudiaría en la School of Visual Arts de Toronto, el Señor estalló en ira.

–Quedamos que estudiarías bisnes manachment o esa madre questudia el Lalito en Mayami —vociferó el capo por teléfono.

–Ni madres, jefe, eso déjaselo a los narquillos hijos de tus amigos. Yo soy artista.

Sin embargo en la escuela Lizzy descubrió dos cosas: 1) su absoluta carencia de talento, y 2) la nula necesidad del mismo que tenía un artista contemporáneo.

Los primeros años Lizzy se inclinó por la fotografía, animada por las imágenes de sus admirados Joel-Peter Witkin y Diane Arbus. Bien pronto descubrió que no tenía el ojo mórbido que se requería y lo abandonó a favor de la instalación.

–¿Qué opinas? —preguntó una vez a su padre cuando éste visitó un open house de la School of Visual Arts. La obra de Lizzy era una gigantesca colección de escapularios colgados de la pared.

–Ah, canijo, mija. ¿Y ora?

–Son escapularios que compré en las morgues de Los Mochis y Culiacán. Son los que traían puestos los sicarios.

El hombre se le quedó viendo a la pared cubierta de pequeños pedacitos de tela.

–¿A eso fuiste ora que me visitaste?

–Ajá —sonrió triunfal.

El narco se quedó callado viendo la instalación, como queriendo leer algo en una lengua extranjera.

–Pos nontiendo, mija.

–¡...!

Y salió de ahí sin decir palabra.

Ella nunca se lo perdonó.

–Yo no soy un artista. Yo salgo todos los días a jugarme el pellejo pa questés a gusto estudiando en Canadá, haciendo tus pendejadas de invasiones o intervenciones y esas cosas —le solía decir el Señor por teléfono desde algún pueblo de la sierra sinaloense o algún barrio a las afueras de Bogotá.

A Lizzy la cocaína le parecía una droga vulgar, propia de actrices de telenovelas y policías judiciales.

–Soy una psiconauta, güey —le decía a su amigo Obrad, un latverio que había conocido en Toronto, cada vez que se ponía hasta el moco de aceites y tachas. El muchacho se le quedaba viendo sin comprenderla del todo, para murmurar un "bullshit" y seguir bebiendo Canadian Club de la botella.

En la escuela de arte había descubierto su vocación por el arte outsider. Aquellas piezas producidas por sujetos desequilibrados, dementes y criminales para los que la creación era una forma de terapia ocupacional. Comenzó a coleccionar pinturas hechas por asesinos múltiples. Poco a poco su gusto se fue refinando.

Descubrió que tenía una intuición natural de coleccio-

nista. Artista al que le compraba obra se ponía de moda en poco tiempo. Se dio cuenta de que había vida inteligente más allá del ghetto de los asesinos seriales y los artistas con enfermedades terminales que pintaban con sus excrecencias.

En pocos años se hizo de una bien merecida reputación de coleccionista. Nadie nunca preguntaba de dónde provenían sus fondos inagotables. Más de un galerista intentó hacerla cambiar de giro para encaminarla a corrientes más tradicionales.

–Tengo obra reciente de Gabriel Orozco. ¿Segura que no quieres ver algo de Damien Hirst? Nos acaba de llegar un Tamayo divino —le solían decir sus dílers. Ella era muy clara:

–Prefiero algo de Bob Flanangan.

Si las cosas hubieran seguido su curso natural, Lizzy hubiera permanecido en Toronto coleccionando arte, metiéndose toda clase de ácidos y acostándose con Fernando, su novio, hijo de un compadre de su papá al que conocía desde niña.

Pero los caminos de la vida, cantaban los colombianos con los que solía hacer negocio el Señor, no son lo que yo pensaba.

¿Cómo acabaron Lizzy y el Fer enredados con Obrad, asaltando minisúpers y bancos pequeños? ¿En qué pensaba cuando se subieron los dos al coche de ese maldito loco rumbo a Zihuatanejo? El camino desde Toronto hasta Ciudad Portillo, en la frontera mexicana, era apenas una mancha borrosa en los recuerdos de Lizzy. Una espiral de whiskey, ácidos, sexo y anfetas que terminó cuando en el último asalto Fernando cayó abatido a tiros

y ella tuvo que huir con Obrad y el Güero, un tipo al que tomaron rehén en un banco que resultó estar más loco que todos ellos juntos.

Huyendo, todo acabó en una balacera en un putero de Ciudad Lerdo, donde tanto Obrad como su papá cayeron muertos.

Lizzy quedó de pronto frente a la organización criminal de su familia. Familia compuesta por un solo miembro, que era ella.

Lo primero que hizo fue renegar de su destino y gritarle a Pancho, el otro sobreviviente de la balacera, que ella no estaba dispuesta a hacerse cargo del cártel de Constanza. Cuando se cansó de gritarle a un hombre que por toda respuesta se le quedaba viendo fijamente, Lizzy se pasó toda una semana bebiendo vodka y llorando mientras escuchaba canciones de los Smashing Pumpkins hasta que la mirada se le nubló sólo para despertar tres días después en un hospital con suero y un lavado de estómago.

Al lado de la cama velaba su sueño Pancho.

–¿Andas disfrazado de pirata? —murmuró Lizzy con la mente aún nublada, al ver el parche que tapaba uno de los ojos del sicario.

Había perdido un ojo.

–Mal pedo —susurró Lizzy, queriendo volver a dormirse.

Pancho la sacudió:

–¿Ya va a dejar de portarse como una niñita? Aquí necesitamos una mujer que llene los zapatos de su apá.

Pensando en Demian, el anticristo adolescente de la película *La profecía II*, Lizzy le pidió un cigarro a Pancho.

–Niña, aquí no se puede fumar.

–¿Desde cuándo discute usted las órdenes de su jefa?

Sonriente, el matón colocó un Camel en los labios de la chica para encenderlo mientras decía:

–Bienvenida a bordo, capitana.

–No seas naco, pinche Pancho.

Iba a haber muchos cambios en el cártel de Constanza.

33

–¡¿Quién es el Médico?! —le grité al Zurdito antes de volver a meter su cabeza en el inodoro. Él sólo pudo contestar con borbotones de agua que se derramaron por el baño. Cuando comenzó a convulsionarse lo saqué de nuevo para que pudiera respirar un poco.

–¡De veras que no sé, jefita, se lo ju...!

Adentro.

Después de repetir varias veces la operación comenzaba a pensar que de veras el Zurdito no tenía la menor idea.

Lo tenía sostenido por los pies, amarrado. Era un tipo pequeño, de modo que lo podía cargar fácilmente. Lo senté contra la pared del baño de su departamento, en un edificio en ruinas de Santa María la Ribera.

La cosa fue así: el Zurdito era un soplón famoso, un chiva de la policía. Adicto a todas las drogas conocidas, solía cantar por un par de grapas que revendía para irla pasando.

Lo había ido a ver, con un poco de coca que confisqué a otro narquillo. "Es de la buena, Zurdito", le dije. Le brillaron los ojos.

Salivaba mientras se metía una línea en su cuchitril. Yo mientras me tomaba una Coca Zero.

–¿De veras no quiere un poquito, güera? Está buena.

–No, Zurdito, esa mierda mata —me caga que me digan güera.

Ya bien puestote, le dije:

–Ora, sí, Zurdito, vamos a hablar de negocios.

–Dígame, güera.

Fui directo al grano.

–¿Quién es el Médico, el que mató a Armengol? —todos los colores le huyeron del rostro.

–No, ps quién sabe, güera, de veras no sé, no ande preguntando esas cosas.

–¿Quién es, pinche Zurdo? ¿Dónde lo encuentro?

Le decían así porque había sido boxeador amateur en los noventa. Se enganchó en la coca y acabó de esparring en el circuito de gimnasios de la Lagunilla y Tepito. Al final ya no daba ni para eso: un pobre diablo que vendía cosas robadas y remataba la droga con la que la policía le pagaba sus pitazos. Me imagino que si nadie lo mataba era por lástima.

–En serio no sé nada, güera. Mire, yo no quiero problemas, mejor ái la dejamos, diga cuánto es de su coca y vemos cómo le hacemos —y rompió a llorar como un niño.

Estiré mi mano hasta su hombro, por un momento me había conmovido. Qué pendeja. El pinche Zurdo me soltó un jab con la izquierda que no me esperaba. Nunca lo hubiera hecho. En dos minutos lo tenía sometido y amarrado, con la cabeza en el escusado de su baño.

Pero después de sumergirle la cabeza ocho veces en su propia mierda no me quedó duda: no tenía la menor idea de lo que le estaba hablando.

Ahora podía ver por qué nadie lo había matado: no cualquiera aguanta sin cantar una sesión de pocito. Fui hasta la sala y tomé uno de sus cigarros de la mesa. Lo encendí y me supo a gloria. ¿Cuánto llevaba sin fumar? ¿Tres años? ¿Cuatro? Le di dos o tres toques y se lo llevé hasta el baño. Se lo puse en los labios y aspiró como condenado a muerte.

–¿Qué andas escondiendo, pinche Zurdo?

El hombre habló entre bocanadas de humo.

–En la calle uno escucha cosas.

Otra calada, más humo.

–Pero nunca había visto que un rumor produjera tanto miedo.

–¿De qué hablas?

Otra chupada al cigarro.

–Nadie sabe quién es el Médico.

Me miró fijamente.

–Pero todos le tienen pavor, güera. Mejor no saber.

–¿Y por eso me diste un madrazo, pendejo?

–Perdóneme, güera, fue la reacción…

Le di una patada que lo dejó en el piso.

–Perdóname, Zurdo, fue la reacción.

Me encaminé a la salida.

–Ya sabes dónde dejarme recados.

–¿No me va a desamarrar?

–Para que se te quite lo reaccionario, Zurdo.

Me llevé sus cigarros. Y la coca.

El Zurdito era el sexto interrogado de la semana. Todos con resultados similares. Esto no estaba yendo a ningún lado.

34

"¿No que muy chingón, pinche Platanito?", le había dicho Lizzy a Banana Smith el día que llegó a pedir resultados.

"Estas cosas llevan tiempo, Lizzy", había querido alegar el gringo. "Miss Zubiaga para ti, asshole", había escupido ella, masticando cada palabra.

"A la verga con este puto gringo; por eso no me gusta trabajar con pinches marihuanos", dijo Lizzy.

Dicen que cuando vas a morir tu vida pasa frente a tus ojos en unos minutos. Cuando Banana escuchó al Bwana cortar cartucho no llegó tan lejos como su niñez temprana. Pero sí el momento en que, ahora lo lamentaba, había firmado su sentencia de muerte.

Tontamente había llegado al laboratorio de Lizzy, preguntando de puerta en puerta. Lo había recibido un matón que no dudó en encañonarlo. Aquella vez Banana no se inmutó. Sabía de la manera en que los gringos le imponen a los mexas. Entre más prietos, mejor.

"Lliévemei coun su jeife", había dicho Banana al sicario. Por ese extraño resorte conocido por algunos como

complejo de inferioridad, el matón aceptó. Sin quitarle nunca el cañón de encima.

Así conoció Banana Smith al Médico, ocho pisos abajo de la modesta terraza que servía de tapadera al laboratorio.

"Vaya instalaciones que tienen aquí", había dicho en inglés Banana.

"¿En qué lo puedo servir?", había contestado un tanto molesto el Médico, incómodo con lo absurdo de la situación.

"Tengo algo que a usted le interesa", dijo el gringo.

Corte a una junta con Lizzy en Guadalajara. De no fumar tanta mota, seguramente a Banana le hubiera parecido hermosa la chica. Pero su pachequez le permitió concentrarse strictly on business.

"¿Cultivar efedra en México? ¿Estás loco, pinche gringo?" No, no lo estaba. Un posdoctorado en ciencias genómicas y agroindustria lo demostraba.

"Entonces, ¿qué chingados haces aquí conmigo? ¿No deberías estar en una universidad, investigando?"

La vida era aburrida en los Yunaites. A Banana le interesaba la aventura. El heredero de una modesta fortuna (modesta para estándares latinoamericanos) había terminado los estudios para dedicarse a vagar.

Ahora quería sacar provecho de sus estudios.

"¿Y cuál es tu plan, pinche güero?"

Una pequeña modificación genética. Apenas un intercambio de genes a través de plásmidos para insertar un pequeño gen dominante en la efedra que le permitiera crecer en el clima tropical de la Costa Alegre de Jalisco.

"No mames, ¿a poco se puede hacer eso?"

Se podía, y con menos inversión de la que Lizzy se imaginaba. "¿A poco muy chingón, muy verga, pinche güero?"

Por algo se hacía llamar Banana.

"Va que va, te voy a poner a prueba. Pero no quiero cultivar la efedra en Jalisco."

Banana se preguntó en dónde.

"En Yucatám, ojete", lo dijo así, con una eme al final, imitando el acento peninsular.

¿Cuál sería la razón? ¿Por qué ahí? Estos mexicanos sin duda estaban locos.

"Muy fácil, güey, tengo unas tierras paradas ahí cerca de Playa del Carmen. ¿Cómo la ves, puedes o mejor le digo al Médico que lo haga?"

Banana estuvo a punto de decir que el Médico era eso, un médico, no un experto en botánica. Pero prefirió callarse para mantenerse vivo.

Corte a la finca papayera de Lizzy en Quintana Roo. "This is not Yucatám", fue lo primero que pensó Banana Smith cuando se instaló en el rancho. No dijo nada en aras de mantenerse respirando.

Ventajas de trabajar para el hampa: en pocas semanas tenía su laboratorio montado con todas las especificaciones requeridas. Lizzy había hecho una solicitud extra: montar un laboratorio de extracción de papaína, enzima a la que ella comenzaba a verle utilidad en la aplicación de ciertas drogas sintéticas.

"Usted lo que quería era alguien que le cuidara su papayal, no un bioquímico genetista de primer nivel", imaginaba Smith que le reclamaba a Lizzy. En realidad cada vez que ella llamaba para saber cómo iba el proyecto de la efedra, el gringo balbuceaba temeroso ante la escasez

de resultados. "Éste no es el clima, no se puede trabajar bajo presión", a lo que ella contestaba: "I don't give a fuck. Si no tengo resultados pronto, te arranco los güevos".

No eran los güevos sino la tapa de los sesos lo que estaba a punto de perder Banana Smith.

"¿Hay alguna buena razón para dejarte vivo, pinche gringo culero?", preguntó Lizzy.

"Sí", dijo Banana Smith. Mientras construían el laboratorio habían encontrado unas piezas arqueológicas. Unas vasijas. Mayas, seguramente.

"Hum. A ver, déjame echarles un ojo."

Banana, creyendo imposible lo que sucedía, abrió los ojos. Vio al Bwana bajar el cañón de su pistola. Echó a correr tambaleante hasta el laboratorio, en donde guardaba las piezas envueltas en unos lienzos de henequén, y volvió hasta su jefa y sus sicarios. Alargó las piezas con manos temblorosas hasta ella, que las revisó con desdén.

"Esto no es una buena razón para no matarte, Platanito", dijo Lizzy entre dientes.

Lo último que el bioquímico escuchó fue la detonación de la pistola del Bwana reventarle en la oreja al tiempo que una bala 9 mm le atravesaba la masa encefálica, devastando el tejido nervioso al doble de la velocidad del sonido.

Antes de caer sobre el piso de la selva, Banana Smith ya estaba muerto.

Mientras el cadáver se retorcía en espasmos, desalojando violentamente los intestinos, Lizzy sacó su iPhone y marcó el número de su díler de arte en Europa.

"¿Tierritas? No vas a creer lo que tengo para ti. Está un poco fuera de tu línea pero, ¿a poco no te interesa el arte prehispánico?"

35

–¿Quihúbole, parejita? ¿Cómo anís por Medellín?

–Ya cámbiale de albur, pinche Járcor.

–Yo también te he extrañado. ¿Me vas a dejar pasar o no?

Andrea no contestó, dio media vuelta y regresó al sillón de la sala para seguir jugando Halo. Su compañero la siguió, con un par de bolsas de plástico en las manos.

No había sabido nada de Andrea desde que comenzara sus vacaciones, dos semanas atrás. Ya le había preocupado tanto silencio.

–¿Qué pedo, parejita? Pensé que habías dejado de fumar —dijo el Jar por hacer plática, viendo el cenicero repleto.

–Volví a dejar. Después de meterme media cajetilla no quiero saber nada de tabaco.

El Járcor se dejó caer en el otro asiento. Durante varios minutos vio a Andrea jugar, hasta que su avatar voló en pedazos en la pantalla.

–Chingonas vacaciones —dijo él.

–Están con madre. ¿Quieres jugar?

–Te hacía en alguna playa.

–Sí, güey, con traje de baño de hilo dental luciendo mis lonjas.

–Ponte un pareo.

–Te voy a poner pero en la madre.

–Si no vas a asolearte por lo menos tírate a un lanchero acapulqueño. A lo mejor te dan precio especial por volumen.

–Ay, qué cagado eres. Además me zurra Acapulco. ¿A quién puede gustarle teniendo Mazatlán?

–En los dos descabezan, ¿qué no?

–Hay mejores viejas en Mazatlán.

–Ya de plano le estás pegando a la tortilla, parejita.

–Mientras ningún hombre me haga caso, no me cierro a nuevas experiencias.

El Járcor metió la mano en una de las bolsas, sacó una Tecate light en lata y se la lanzó a la cara a Andrea, que la atrapó sin ver.

–Como dice tu carnal, échate un bistec. ¿Hace cuánto que no comes?

Sin responder, Andrea abrió la lata, la vació en dos instantes y eructó sonoramente.

–Como dice la canción, a Miss Universo nunca vas a llegar. Pero puedes aspirar a Miss Simpatía.

–O a Miss Partemadres.

–¿Qué tal Miss Mamadas?

–La tienes muy chica, Járcor.

–Bueno, lo que se dice largo no es pero sí te anda llenando el hocico.

Tanta obscenidad les produjo una carcajada.

–Échame otro bistec, Jar.

–Ésa es mi negra.

–Brincos dieras.

Andrea vació en segundos la lata. El Járcor hizo lo mismo.

–¿Otro sándwich hidráulico?

–No, más bien tengo hambre.

–Te invito a un chino, Andrew.

–¿Me estás albureando?

–No, es en serio, aquí en Revolución. Abre toda la noche.

–Puta, ¿pues qué horas son?

–Once y media, mija. ¿En tu moto o en la mía?

–¿Tu carcacha de repartidor de pizzas? ¿Estás loco? En la mía. Si quieres, güey.

–Me da un poco de pena que me vean contigo, pero puedo decir que te ando padroteando.

Otra vez, Andrea soltó la carcajada.

–No te alcanza, Járcor. Vámonos.

Media hora después, frente a un plato de cerdo agridulce, uno de res con brócoli y otro de arroz frito, Andrea dijo:

–Al Armengol le encantaba la comida oriental.

–Yo sé. Pero él iba al barrio chino, en Dolores.

Los dos amigos se sirvieron abundantes raciones.

–Ese nombre me gusta, Dolores —dijo Andrea.

El Járcor comió en silencio un rato hasta que dijo:

–¿Qué vas a hacer?

–¿De qué?

–No te hagas pendeja. De tu asunto con Armengol. Y el doctor ese que andas buscando, el que me contaste.

–El Médico. Le dicen el Médico.

Silencio incómodo, apenas atenuado por los ruidos del restaurante.

–No lo sé —dijo Andrea con un suspiro que casi sonó dulce—. Aún no lo sé. Todas mis pesquisas han llegado a un callejón sin salida. Nadie sabe, nadie supo.

Siguió comiendo. Una lágrima se deslizó por su mejilla izquierda, hacia el sur de su rostro.

–Estoy buscando una sombra. Mejor haría en regresar al trabajo y olvidarme de todo esto. Y esperar a hacer una pendejada para que alguien me abra a mí la espalda y me colapse los pulmones.

El Járcor se le quedó viendo en silencio.

–¿Dime si no vale madres? —preguntó Andrea.

–A veces no.

Y deslizó hasta ella un sobre de papel manila.

–No sé si te estoy haciendo un favor o te estoy dando un empujón a la tumba. Pero tengo un amigo en la DEA que me debe un par de favores.

–¿Henry Dávalos?

–¡¿Lo conoces?!

–Me lo presentó el Chaparro en Ciudad Juárez.

–Pues él. Andaba tras la pista de unos cabrones que andan produciendo cintas snuff. ¿Te acuerdas de aquella masacre de los tipos disfrazados de gorilas?

–Ajá.

–Pues algún vínculo tienen con el narco. No es la primera vez que graban matanzas de ese tipo; por ahí han aparecido varias cintas similares. Por eso le interesan a Dávalos. Es una de sus líneas de investigación. Se apareció por la oficina como quien pasa a saludar a un camarada. Me tiró dos o tres buscapiés hasta que le dije que tenía

algo de información que me podría ayudar. "¿Cuántou, mi Hardcore?", me contestó el pendejo, con su pinche acento gringo. "¿Cómo que cuánto, pinche pocho? Si no estás con tus putas de la Federal."

–¿Y luego?

–Le dije que andaba buscando un médico cirujano, especialista en vías respiratorias. Por lo visto entendió a la primera porque se tapó con la mano el reloj y me dijo: "My watch against yours".

–¿Qué le dijiste?

–Que si no le bajaba a su pinche acento de pizcatomates californiano no le daba ni madres. Y tapé mi reloj. "Va", me dijo. Y le chingué un Rolex al mamón.

–¿Qué traías tú?

–El pinche Casio que me dio el jefe en el intercambio de Navidad del año pasado. Y la información.

–Saliste ganando.

–Pues no, porque cuando fui a venderlo con unos amigos joyeros en la calle de Palma me dijeron que era un Rolex balín.

–U...

–Pero al parecer —el Járcor bajó la voz y encaró a Andrea teatralmente— la información es buena. Y si lo que dice aquí es cierto —palpó el sobre para enfatizar—, creo que estás metiéndote con gente muy poderosa.

Los dos se quedaron viendo fijamente.

–Me vale madre —dijo finalmente Andrea, tomando el sobre para guardarlo en su chamarra.

–No esperaba menos de ti —celebró el Járcor.

36

Era una función privada, un screening exclusivo en una bodega de Apodaca, cerca del aeropuerto de Monterrey, acondicionada para la ocasión.

A Lizzy no le gustaba mucho Monterrey. Le molestaba la ostentación de la oligarquía local, obsesionada con semejarse a los gringos.

También le parecía una plaza llena de narcos de la vieja escuela, la clase de gente con la que odiaba que la relacionaran. Pero recientemente habían proliferado buenas galerías. Varias de ellas metidas en el circuito del arte texano.

Pero esta noche Lizzy no venía como compradora. Esta noche exponía.

Las invitaciones habían circulado a discreción, entre coleccionistas selectos. Apenas un puñado escogidos cuidadosamente entre la crème de la crème.

Desde temprano, la bodega fue adaptada para la proyección de la videoinstalación. Varias pantallas de plasma se colgaron de los muros, con un discreto sistema de bocinas sonorizando el lugar.

Un feroz operativo de seguridad montó guardia cinco

cuadras a la redonda; coordinados por el propio Pancho catorce sicarios se colocaron en las azoteas de los edificios vecinos atentos al acercamiento de cualquier vehículo sospechoso.

Varias botellas de vodka artesanal fueron llevadas al lugar encapsuladas en bloques de hielo, traídas unas horas antes desde el aeropuerto, a donde habían llegado junto con el caviar procedentes de Moscú. Un regalo de Anatoli Dneprov.

Al filo de las siete, una pequeña caravana de Hummers propiedad de la Media Development Associates comenzó a desfilar frente a la puerta de la bodega, en donde los invitados eran recibidos por una mujer envuelta en un discreto vestido negro. Se trataba de Sharon, una cincuentona alta, con el cabello platinado casi a rape y la mirada ausente.

–Daaaaarling, qué gusto que hayas venido —saludaba la anfitriona al tiempo que tronaba un beso al aire. Cada uno de los asistentes había sido recogido en su domicilio. No más de treinta personas entre amigos cercanos y coleccionistas. Varios de ellos llegados desde el aeropuerto de Dallas en el avión privado de Lizzy.

Un compacto grupo de meseros se encargó de atender a los invitados, ofreciendo bebidas y canapés. Para las siete y media la lista de asistentes estaba completa, con apenas una cancelación de un coleccionista que no pudo alejarse de sus obligaciones al frente de una cadena de hoteles de lujo.

A petición de la artista, a las ocho un cuarteto de cuerdas interpretó una selección de piezas de música de cámara de Kristoff Penderecki. Más de un invitado hubo de

disimular sin mucho éxito el desasosiego causado por la música. Muy pocos parecieron disfrutarla.

A las nueve, un diyéi comenzó a poner música industrial y techno hardcore. Media hora después los meseros ofrecieron en charolas botellitas color ámbar con poppers, cortesía de la artista y su empresa.

A las diez comenzó la proyección.

Los invitados observaron asombrados las pantallas.

En los monitores se podía ver una grotesca coreografía. Un grupo armado de personas disfrazadas aterrorizaba a un grupo de custodios. Todo había sido grabado cámara en mano. La imagen saltaba y los hechos se volvían confusos. Pero la matanza brutal era clara para los asistentes.

Alguno de ellos se conmovió hasta las lágrimas. Uno más incluso se acercó hasta Lizzy, quien bebía discretamente en una esquina, para susurrarle en el oído:

–Es una pieza hermosa. Es una pena que Julio ya no esté con nosotros. La hubiera disfrutado enormemente.

–Eso es lo más hermoso que me han dicho nunca —murmuró la artista ante el galanteo, su mirada nublada por el sopor químico del Tafil.

Minutos después la galerista se acercó emocionada hasta Lizzy.

–Buenas noticias, dárling. Tenemos comprador.

Lizzy sonrió. La mujer volteó discretamente para señalarle al coleccionista, un actor de Hollywood experto en murderabilia. Lizzy se llenó de orgullo.

–¿Eso significa que mi obra está a la altura de la de Henry Lee Lucas? —preguntó emocionada.

–No, dárling, pero si lo compró Richard es que por lo

menos es tanto o más brutal. Y es bien sabido que no le gusta el snuff.

La expresión de Lizzy se agrió de tal modo que la galerista se apresuró a añadir:

–Desde luego lo que tú haces es arte, dárling, no snuff. Por eso le gustó a Richard —y aproximándose a la artista murmuró—; tú sabes que él es una autoridad mundial en este tipo de arte.

Desde su lugar, el gringo saludó con una inclinación a la artista. De haber tenido quince años o ignorar que era gay, Lizzy se hubiera emocionado. Sólo contestó con una leve sonrisa.

Cuando acabó la proyección del cortometraje de quince minutos, los asistentes aplaudieron emocionados.

Un hombre vestido de cuero negro, con sombrero texano y rastas que desentonaban con el resto de los invitados, se acercó a Lizzy.

–Te felicito, mija —dijo el Paisano—. Igual que tu difunto jefecito, no entiendo ni madres de tus pendejadas. Pero lo mismo que él, estoy orgulloso de ti.

Emocionada, Lizzy abrazó a su tío.

En el centro de la sala, complementando la proyección, un traje de gorila salpicado de sangre seca descansaba en el piso con un par de patines en el pecho.

La proyección de *El lago de los simios* había sido todo un éxito.

37

Inmerso en el ambiente virtual, el Médico enlazó dos moléculas de fenilpropanolamina. Si el enlace resultaba firme, entonces tendría un compuesto estable.

Llevaba trabajando más de quince horas cuando sonó su teléfono celular. Sólo una persona tenía ese número.

–Pedí que no me interrumpieran —contestó.

–¿Cómo vas? —preguntó Lizzy con frialdad.

–No funciono bajo presión.

El hombre hablaba desde su estación de trabajo, en el laboratorio.

–¿Que qué? Óyeme, cabrón, no me chingues, llevas meses trabajando en esto.

–¿Qué te hace pensar que diseñar drogas es fácil?

–Ah, ¿que no es de enchílame otra y ya?

El Médico se quedó mudo.

–Jajaja. Se me olvida que los psicóticos no tienen sentido del humor.

Molesto, el Médico dijo:

–Me permito recordarte que de acuerdo a la clasificación lacaniana, yo no soy un psicótico, sino un...

No pudo terminar la frase. A sus espaldas se abrieron

las puertas del laboratorio. El Médico brincó, sorprendido. Lizzy entró, vestida como colegiala, con el cabello rosa recogido en dos colas y chupando una tutsi pop.

–Éjele, te asusté. ¿No que muy perverso?

El hombre no contestó.

La chica avanzó hasta el Médico. Se encaramó en la silla donde había estado sentado él y lo abrazó por detrás, dándole un beso en la mejilla.

–¿Se enojó, mi sabio loco?

–No es gracioso —murmuró él.

–A ver, mi chiquito, explíqueme qué anda haciendo. Ándele, bonito, enséñele a mamá...

–No te imagino teniendo hijos.

Lizzy apretó el cuello del Médico. Lo tomó por sorpresa. En unos instantes se sintió enrojecer. Manoteó, intentando liberarse.

–¿Me vas a enseñar lo que llevas...?

Ella ignoraba al Médico, que asentía desesperado.

–¿...o vas a seguir haciéndole al Frankenstein con todos estos juguetes caros que te compré?

El rostro del hombre se había puesto morado. Los ojos, desorbitados, delataban su desesperación. Lo único que atinaba a hacer era manotear y asentir. Un instante antes de desfallecer, Lizzy lo soltó. Él cayó al piso, boqueando como un pez.

–¿Entonces? —preguntó ella.

Desde el piso, el Médico la miraba con odio, intentando recuperar la respiración. Poco a poco su rostro perdía el tono púrpura.

–Tut... tut...

–¿Qué dice, mi chiquito? —Lizzy se inclinó hacia él.

–...tú... no eres mi mam...

No alcanzó a terminar la frase. Una patada en los riñones lo estremeció.

Lizzy caminó hacia la salida, dejando al Médico hecho un fardo en el suelo.

–Tu tiempo se está acabando, mijo. Más vale que te apures. Si no me tienes ese nuevo producto pronto...

No terminó la frase.

El Médico se quedó en el suelo hasta que la espalda dejó de hormiguearle de dolor. Se incorporó trabajosamente. Odiaba descubrir que su umbral del dolor era más bajo de lo que pensaba.

Se arrastró hasta el monitor de la computadora. Retomó el trabajo interrumpido por su jefa.

Casi sintió miedo cuando en leyó en pantalla el anuncio FAILED BONDING: UNSTABLE MOLECULE.

Otra vez había fallado.

De vuelta a trabajar.

38

De las notas personales de Lizzy Zubiaga: una selección aleatoria.

Cualquier palabra que inicie con el prefijo narco me da güeva. Narcotráfico. Narcoviolencia. Narcojúniors. Y la peor de todas, narcocorridos. ¿Quién puede escuchar eso?

***

Cocaína. Heroína. Marihuana. Crack. Son tan... tan nineties.

***

Cuando era niña tenía que explicar la opulencia en la que vivíamos, contrastada con el rampante mal gusto de mi apá diciendo que éramos comerciantes. Y eso era el desgraciado. Una especie de bodeguero de drogas. Yo pienso en mí misma como una empresaria global.

* * *

We don't shit where we eat, les hace decir Neil Gaiman a unos asesinos seriales que se juntan en una convención, en una de las novelas gráficas de Sandman. No cagamos donde comemos. Es una regla de oro que los… comerciantes de la generación de mi papá nunca entendieron.

* * *

Siempre fui una especie de bicho raro entre mis primos porque no me gustaba la música grupera ni los cantantes pop mexicanos. "¿Qué, no le gustan los Tucanes, mija?", me preguntaban todo el tiempo. El único que me comprendía era mi padrino, el Paisano, que era metalero. Él me llevó a los diecisiete años a ver a Metallica en San Diego. Hoy ya no me gusta esa banda. Pero fue un lindo regalo.

* * *

Quiero pensar que soy una artista.

* * *

La misión de mi corporación (no cártel, por favor) es dotar de nuevas experiencias y diversificar los productos disponibles para los más selectos psiconautas del mundo.

* * *

La coca se produce en Colombia, se pasa a través de México y se distribuye en los Estados Unidos con tantas dificultades que el encarecimiento del producto reduce dramáticamente el coeficiente de utilidad para todas las partes involucradas. Mis... productos se pueden producir en cualquier parte, introducir sin tantos problemas a través de la frontera y producen grandes ganancias. El problema, maldita sea, es conseguir la chingada efedrina.

Pero ahí está la parte divertida.

* * *

¿Quién quiere vender crack en los ghettos negros de Los Ángeles pudiendo inundar de hielo las discotecas alemanas?

* * *

Hielo. No confundir con las metanfetaminas. Ni el ice. Hielo. Nuestro producto puntero. Neurotransmisores a la medida. La inducción bioquímica del estado deseado, a la elección del usuario. Para arriba. Para abajo. You name it.

* * *

Es oficial. El Médico me pone los pelos de punta. Trabajará conmigo mientras me sea útil. Cuando termine el proyecto que le encargué... Digamos que causará baja.

* * *

Debo confesar sin embargo que siempre sentí debilidad por el Pozolero. De no haber trabajado para el narco, hubiera sido un lindo asesino serial.

* * *

Imagina no sentir miedo. Perder el temor de morir. De desaparecer. Ser libre de golpe de cualquier angustia existencial. Y gozar. Gozar. Eso es nuestro nuevo producto. Lo que está desarrollando el Médico. Y si algún día logra crear una molécula estable, lo llamaremos Hielo Negro.

Así, en español.

39

Cuando el Járcor me entregó el sobre con el expediente, casi me voy de espaldas.

Desde una foto tamaño infantil me miraba desafiante una mujer delgada, tez blanca, de cabello negrísimo tijereteado en mechones irregulares y profundos ojos cafés. Yo la conocía. Ya había estado en la misma habitación que ella.

Lizzy Zubiaga.

El perfil de la PGR era muy conciso. Hija de Eliseo Zubiaga alias el Señor. Sospechosa de actividades criminales disfrazadas de empresariales. Conocida coleccionista de arte. El FBI y la DEA la vigilaban sin mucho éxito por sospecharla involucrada en la producción de películas snuff. Poco más que eso.

El expediente suscribía también el episodio de la balacera en Lerdo donde había muerto su papá. No necesitaba leerlo. Yo había estado ahí.

Cuando trabajaba con el capitán Tapia.

Era una fuerza especial contra asaltabancos. Un cuerpo de élite con lo más selecto de los cuerpos de reacción

de todo el norte del país. Un experimento fallido. Tapia no pudo cruzar el pantano sin llenarse de mierda. Pronto trabajábamos sin saberlo a los servicios del mejor postor. Tapándole el ojo al macho cada tanto, dejando que otras bandas operaran libremente.

Hasta que vino la balacera en Lerdo.

Aún hoy no me queda claro qué sucedió en ese lugar. Íbamos tras la pista de una banda de asaltantes menores. Tres chamacos pendejos que venían robando Oxxos y sucursales del Banco Agrario por toda la frontera norte. Le estaban comiendo el mandado a Tapia.

Pero resultó que eran narcojúniors.

Que tú, Lizzy, eras una de ellos.

Los emboscamos en un burdel de Lerdo. Pero alguien más los estaba buscando. Cuando llegamos ya había ahí un comando armado. Eso se convirtió en una carnicería. El peor fuego cruzado en el que he estado.

Ahí estabas tú, Lizzy.

Ahí fue donde murió el Señor Zubiaga. Tu papá.

Ese incidente le costó la chamba al procurador y casi obliga a renunciar al gobernador. Nunca quedó claro quiénes estuvieron ahí. Ni por qué. Pero la fuerza antiasaltos fue disuelta a los dos días. Tapia quedó en coma. Dos de mis compañeros murieron y yo pedí mi transferencia a la Juda del De Efe.

Lizzy se desvaneció de la escena del crimen.

No volví a saber de ti. Hasta ahora.

Encantada de verte, perra.

No va a ser fácil dar contigo.

Pero ahí donde estés, ahí podría encontrar lo que busco.

Lo sé porque en el expediente, en la lista de tus posibles cómplices, viene un apodo que se ha convertido en mi obsesión.

El Médico.

40

Lo que Lizzy buscaba era nada menos que la piedra filosofal de las drogas de diseñador: un inhibidor selectivo de la vasopresina y la oxitocina, los neuropéptidos que regulan la ansiedad y el afecto, combinado con una metanfetamina.

Un fármaco que bloqueara el miedo y la empatía, y que al mismo tiempo te pusiera en órbita por horas. El Médico había sido lo suficientemente estúpido (o arrogante) para aceptar el encargo.

Se habían conocido en Tijuana, donde él atendía una clínica clandestina en la calle Coahuila. Uno de esos sitios donde lo mismo se atienden heridas de bala y apuñalamientos que se practican legrados a las prostitutas del barrio por unos cuantos dólares. El Médico había llegado a Tijuas como casi todo mundo, huyendo de algo. En este caso, de un negocio en el todo había salido mal en el estado de Morelos.

El Médico trató de colocarse como torturador para algún narco local. Ofrecía abiertamente sus habilidades para infligir dolor y mantener viva a la víctima en los bares locales. Un servicio que normalmente cotiza muy

alto. Pero su aspecto extraño, siempre de bombín y ropajes negros, ahuyentaba a los clientes potenciales. Sólo lo buscaban aquellos lo suficientemente desesperados como para soportar sostenerle su inexpresiva mirada de hielo.

Lizzy había llegado a buscarlo a su changarro sola, sin escoltas. No sirvieron de nada las protestas de Pancho. Le gustaba caminar por esas calles pobladas de freaks. Se sentía como en casa.

Halló la clínica en los altos de un picadero de heroína. Cuando llegó, el Médico estaba solo en su consultorio. La pulcritud del local contrastaba con la sordidez del exterior. Encontró al Médico inclinado sobre un tablero de ajedrez, leyendo un libro de ginecología.

–¿Qué haces? —preguntó ella sin mediar presentación.

–Estoy demostrando un teorema —contestó él sin levantar la mirada.

Fue el inicio de la afectuosa animadversión que los unía. Muy poco tardaron en entenderse. Dos seres mutilados del afecto. Ese mismo día el Médico se puso a su servicio.

Sin embargo, su presencia entomológica ponía de nervios a la propia jefa del cártel de Constanza. Por ello no tardó en construirle un laboratorio con las especificaciones solicitadas por él. Para tenerlo lejos, cocinando anfetas.

Sólo lo llamaba para trabajos especiales.

Como el encargo con el que lo tenía ocupado hacía meses.

–Quiero algo que te quite el miedo a morir —le había indicado Lizzy—, que te bloquee las inhibiciones y que

te prenda. La droga perfecta. La pastilla que te convierta en un ser superior durante unas horas.

–¿Estás consciente de lo que me estás pidiendo? —repuso él.

–Sí. Quiero un fármaco que borre la empatía. Que te permita coger durante horas con un desconocido. Que convierta todas tus angustias en humo. Que te ponga a mil por hora. Que lo mismo lo tomen los morros en las discotecas de Ibiza para bailar durante noches enteras que un sicario para coser a tiros a alguien. Quiero las vitaminas del superhombre de Nietzsche.

–No sabía que leyeras otra cosa que no fueran cómics.

Pero la propia Lizzy ya estaba en un estado eufórico. Ignorando la ironía del Médico, continuó:

–Imagínate. La droga perfecta. La pasta que te haga sentir omnipotente. Que te eleve por encima de lo humano.

–Podría provocar deshidratación —acotó el Médico.

–Que beban agua.

–Pueden cruzarse si beben alcohol. Y ahí sí, adiós.

–Ése es problema de ellos.

El reto bioquímico era juntar una molécula de OPC-41061, un inhibidor selectivo de la vasopresina basado en la arginina a través de un enlace disulfuro a una molécula de 4-Metilaminorex, el hielo tradicional.

No era fácil. El Médico diseñaba moléculas que luego probaba en un simulador virtual. Ninguna de ellas había funcionado.

–¿Qué pasó con eso? —preguntaba todo el tiempo Lizzy, desde sus oficinas en Santa Fe, alguna discoteca europea o un yate frente a Cape Cod.

–Nada aún —murmuraba el Médico, con ese sonsonete monótono que a más de un cinéfilo le hubiera recordado la voz de Peter Lorre.

–Tu tiempo se está acabando —le había dicho Lizzy recientemente por Skype—; más vale que me entregues resultados pronto. Eso o...

–¿O qué? —preguntó el Médico sin emoción alguna en su voz.

–O voy a tener que entregarte al mejor postor.

El Médico enmudeció. Lizzy pudo ver un músculo saltar casi imperceptiblemente debajo de su ojo izquierdo. Estaba aterrado, pero permaneció en silencio.

–Debes muchas, mijo. Hay mucha gente que estaría encantada de verte —y colgó.

El Médico se quedó en silencio. Desde la pantalla de su computadora, la palabra UNSTABLE parecía burlarse de él.

41

Lizzy odiaba el Tim Leary's y todos los antros como ése. Era la clase de lugar frecuentado por actricitas de telenovelas, cantantes pop, futbolistas, hijos de políticos y empresarios y creativos de agencias de publicidad que intentaban rozarse con todos los anteriores. "Putitas baratas", pensaba. Lo anterior no obstaba para que no hubiera un cadenero feroz en la puerta decidiendo quién entraba y quién no. Decidiendo quién podía pasar a consumir botellas de Bacardi y Absolut a ocho o diez veces su precio original. A esperar que algún idiota ostentoso pidiera una botella de champán o de Johnnie Walker etiqueta verde, que a estos imbéciles les parecía el más exquisito elixir. Escuchando eurotrash, pop ramplón y pasada cierta hora, cumbias y música norteña. Qué raboncita le parecía a Lizzy la farándula nacional. En un bar de Los Ángeles te puedes encontrar a George Clooney o Madonna. Aquí hay que conformarse con el galán en turno de la telenovela de las diez, la perrita de moda que aúlla norteñas disfrazada de vaquera y con el portero del América. Ni siquiera era la clase de antro en el que se distribuyeran los productos de Lizzy. Pensándolo bien, no existía

ningún lugar en México donde se vendiera su mercancía. El Tim Leary's era tierra de cocaína. Vendida por los meseros, por las bartenders, por los valet parkings y hasta por los mozos que atendían los baños servilmente. "Todo lo que me caga", pensaba Lizzy al llegar al lugar y dejar a Pancho a cargo de su Impala negro para entrar al lugar acompañada por el Bwana. Iba a arreglar un negocio. Era la única razón para entrar ahí. Los colombianos querían hacer las paces. Lizzy no confiaba más en ellos. Pero no quería tener enemistades. No importaba cuánto despreciara a esta gente, eran poderosos y violentos. No le atraía la idea de arrancar un día su auto y salir volando por los aires. Al menos eso les había dicho por teléfono. Al acercarse a la puerta, el cadenero quiso impedirles el paso. Lizzy lo observó, extrañada. "Tú pasas, reina, pero tu guarro se queda aquí. Le da mala imagen al club..." Antes de que terminara la frase el hombre yacía con una fractura expuesta en el suelo. "No es mi guarro, pendejo", dijo Lizzy mientras pasaba por encima del hombre, "es mi escolta personal." Alarmado al ver el incidente en la puerta, el gerente corrió hasta ella. "Lizzy, beybi, qué gusto...", gritó ofreciendo un saludo que ella rechazó. Siguió de frente hasta la mesa de los colombianos. Descubrió con rabia que Iménez, el jefe, se había quedado en Guadalajara y mandado a sus tres subalternos. Ya se ocuparía de él después. "Mija, qué gusto verla", dijo Ungar, el más joven de ellos. "Siéntese", agregó. Ella permaneció de pie. "¿No toma nada?", preguntó Andrés Felipe, otro de ellos. "No bebo." La tensión pudo sentirse por encima de la música machacona. Tras unos instantes incómodos, Antoñito, el líder, comenzó a decir "Lizzica,

mija, le agradezco que haya venido, espero que de ahora en adelante podamos hacer negocios en paz..." "No me interesa hacer negocios con ustedes. Lo único que quiero es que respeten mis territorios. Ustedes no venden anfetas brasileñas en mis plazas ni me matan a mi gente, yo dejo de mandarles a sus... gerentes regionales en rebanadas." Los tres hombres cruzaron miradas. Eran jóvenes, todos hijos de distinguidos narcos colombianos interesados en ampliar sus horizontes comerciales. Lizzy les había hecho ver que el futuro estaba en las anfetas. Pero estaban demasiado acostumbrados a los negocios de la coca como para entender la dinámica de las pastas. Eran tan... noventeros. "Pero mija, no sea así, vamos a hacer la paces..." "Las paces están hechas. No me jodan, no los jodo. Punto final. No más asociaciones." "Es que no era necesaria tanta maldad sobre el pobrecito de Wílmer. Nos lo devolvió listo para hacer arepas", dijo Ungar. "Y su chica, qué culpa tenía la pobrecica", agregó Andrés Felipe. Lizzy no respondió. Los miraba fijamente, envuelta en un abrigo negro, con el cabello en mechones púrpuras, su rostro enmarcado por una mascada vaporosa y lentes oscuros. "Entonces, ¿panas de nuevo?" Lizzy dejó pasar un par de latidos de su corazón antes de inclinarse hacia ellos. "Panas ni madres", ladró, "vuelven a hacerme una chingadera y les juro que voy y les parto su madre, así tenga que ir a la punta de los mismísimos Andes a buscarlos." Hartos de las agresiones entre cárteles, los tres asintieron, los mismos hombres que con su suave acento sudamericano mandaban cortarles las piernas a los soplones y poner bombas en los autos de sus enemigos. "Sí", murmuró Antoñito. "¿Sí qué, pendejo?"

"Sí, Lizzy, así será." Sólo entonces la mujer ofreció su mano enguantada a los tres hombres, quienes estrecharon sus dedos envueltos en látex como si se tratara de una tarántula que se cerraba sobre sus palmas. Ella los miraba con la frialdad con que se observa a una amiba a través del microscopio. Cuando hubo saludado a los tres tensó sus labios en una mueca que semejó el rostro de un tigre cuando tiene arrinconada a su presa y sin decir más dio media vuelta y salió del bar seguida por el Bwana. Ninguno de los tres alcanzó a intercambiar sus impresiones con los otros dos. En instantes comenzaron a convulsionarse. Apenas había transcurrido un minuto, el aroma del perfume de Lizzy aún perceptible en la atmósfera enrarecida del antro, cuando los colombianos se retorcían en el piso con los ojos en blanco, soltando espumarajos por la boca al tiempo que la mujer y su escolta abordaban tranquilamente el Impala negro que la esperaba en la puerta con Pancho al volante. El triple asesinato habría de causar revuelo en los noticieros de la semana. Los servicios periciales determinaron que los colombianos murieron envenenados. Los meseros y el bartender fueron encarcelados de inmediato. El cártel colombiano se encargó de que todos ellos recibieran un trato especial en el Reclusorio. Que prefirieran estar en Bagdad desnudos que ahí. Que lamentaran estar vivos. De haber sido revisados los tres cadáveres por un forense más competente, como el doctor Prado por ejemplo, se les hubiera hecho un profundo análisis sanguíneo. El estudio hubiera revelado que los tres habían absorbido una cantidad masiva de batraciotoxina, un poderoso veneno segregado por la *Phyllobates terribilis*, irónicamente una

rana colombiana. Durante semanas se habló en los medios de la misteriosa muerte de los capos en el Tim Leary's. Las investigaciones desnudaron enormes irregularidades administrativas en el funcionamiento del bar que acabó clausurado. Los videos de las cámaras de seguridad del antro fueron pasados una y otra vez por la televisión sin que nadie pudiera relacionar los acontecimientos con la enigmática mujer que aparecía en el último momento dándole la mano a los ahora occisos. Lizzy previó tener ubicadas de antemano las cámaras del lugar para sentarse estratégicamente de espaldas a la más cercana y poder evitar que su rostro fuera reconocido. En realidad, lo único en que pensaba mientras Pancho manejaba a toda velocidad por Insurgentes era en lo bien que se veía el Bwana de traje negro y que no estaría mal un día de éstos averiguar cómo se vería sin él. No era del todo una buena idea, de hacerlo tendría que mandarlo matar de inmediato, y era un elemento útil.

Qué solitaria puede ser la vida en la cumbre.

42

NADA MÁS VERTE EN LA TELE SUPE QUE ERAS TÚ.

Apareciste en todos los noticieros. Por la muerte de los tres colombianos. Nadie pudo o quiso nombrarte. Pero yo te reconocí. No puedes engañarme. Tu caminar altanero, el perfil endurecido, la mirada cruel que se adivina debajo de las gafas oscuras.

Muchos te temen. Yo sería capaz de bajar al fondo del infierno para traerte arrastrando. Para exigirte que me entregues al Médico.

Para entonces mi cerco comenzaba a cerrarse. Te había estado cazando en las secciones de sociales. En los notas sobre raves y fiestas de música electrónica.

Eras buena. Capaz de pasar desapercibida. Un día aparecías en una foto en la revista *Interview* de Nueva York, posando con algún grupo de amigos en la inauguración de una galería. Otras, en el fondo de una fiesta reseñada por la sección de sociales del *Norte*. O en la *Quién*. Nunca en primer plano. Manteniendo un bajo perfil. Pero siempre ahí.

¿Cómo iba a alcanzarte? ¿Cómo acercarme a ti, una socialité, yo que tan sólo soy una mujer policía a la que se le acababan las vacaciones?

43

Nadie se atrevía a acercarse al Médico durante los largos ratos de silencio en los que se sumía en un estado similar a la meditación. Quedaba paralizado frente al monitor de su computadora, los ojos grises clavados como dos alfileres en la pantalla, sin movimiento ocular, apenas un parpadeo casi imperceptible.

Sus ritmos vitales parecían reducirse al tiempo que respiraba más lentamente hasta que su ritmo cardiaco caía a la frecuencia mínima.

Entonces su rostro adquiría una expresión ausente que lo volvía aún más inquietante para aquellos que trabajaban en el laboratorio con él.

Por ello, cuando la llamada de Lizzy llegó al conmutador del laboratorio, el técnico que contestó sintió que las rodillas se le dislocaban al momento en que la jefa exigió hablar con el Médico.

El hombrecillo, un exprofesor de química de Colima que había escapado del desempleo trabajando en ese laboratorio clandestino, se acercó a su jefe inmediato, que llevaba varias horas en su estado catatónico, con un teléfono

inalámbrico en la mano. Por un momento, el viejo profesor se sintió en medio de los leones.

Tocó nerviosamente el hombro del Médico. Éste salió de su trance con una suavidad que al viejo le pareció reptílea.

–¿Sí?

–Le llama la jefa.

–¿Por qué no le dijo que estaba indisponible?

El viejo no contestó. A cambio ofreció el teléfono con manos temblorosas.

–Diga.

–¿Por qué apagas tu celular, cabroncito?

–Porque sólo me marcas tú, Lizzy.

Un pequeño silencio.

–¿Sabes qué día es de este sábado al que sigue?

–Última noche de abril. Walpurgisnacht, en la tradición germánica. Una fiesta pagana que se celebra orgiásticamente para agradecer la llegada de la primavera.

–También es tu fecha límite de entrega.

Otro silencio.

–¿Sabes de la fiesta que tendremos en la playa? Un walpurgis techno. Cuarenta diyéis. Viene mi primo Omar de Ibiza. Yo misma tocaré un set. Ese día, a las orillas del Caribe mexicano, entregarás el prototipo de nuestro nuevo producto. El Hielo Negro.

–No hay pruebas suficientes. La molécula es inestable aún. Lo más probable es que se degrade en un alcaloide de poco efecto. No hemos hecho suficientes pruebas en…

–Pasará un transporte aéreo por ti. Te llevarán a entregar tu tarea. No vengas con las manos vacías. O tendremos que cortártelas. Adiós.

Clic.

El Médico permaneció inmóvil varios minutos. Después colgó el teléfono y se deslizó de nuevo a su asiento. Fijó la mirada en la pantalla, donde las palabras FAILED BONDING: UNSTABLE MOLECULE parpadean con la persistencia de una gotera y lentamente regresó a su estado meditabundo.

Si alguien se hubiera atrevido a observarlo con detenimiento en esos minutos, habría visto una lágrima correr por su mejilla.

44

Vuelvo a la oficina un lunes. Desganada, sin bañar ni pintar. De cualquier manera nunca me pinto. Llego a mi escritorio, donde se amontonaban los expedientes. Soy incapaz de contestar las obscenidades del Járcor.

Paso toda la mañana revisando mi mail. Haciendo papeleo administrativo. Capoteando a Rubalcava. Ni siquiera quiero ir a comer.

Cuando el Járcor y el jefe vuelven me encuentran viendo la pantalla de mi computadora sin enfocar las palabras. Está abierta en el perfil de Facebook que obligué al Chaparro que abriera para que nos mandáramos mensajes pelados. Ahora los había borrado todos. Tengo la clave de acceso. Llevo media hora dudando si borrar su perfil o no. Soy incapaz de decidirlo.

Regreso a la casa envuelta en melancolía. Cierro la puerta del departamento de un golpe. No me molesto en escuchar los mensajes que ya se amontonaban en mi contestadora, sabiendo que seguro será mi mamá jodiendo con que no la llamo nunca o Santi para decirme que la gringa está apenadísima y que me invita de nuevo

a su casa a comer un domingo. O el Cháparro para decirme que viene para acá con comida china y una película de Bruce Willis.

Me desvisto en silencio, sin prender la luz. Me quedo en calzones con una blusita de tirantes. Abro una cerveza que seguramente no habré de acabarme, como todas las que había estado abriendo la última semana, y prendo la televisión.

Supongo que como las demás noches me quedaré viendo cualquier cosa hasta darme cuenta de que son las tres de la mañana y que llevo dos horas viendo repeticiones del programa de Cristina Saralegui.

Justo cuando un hombre terriblemente obeso habla de las cosas que le gusta hacer en la cama con su novia anoréxica suena el teléfono.

¿Quién llama a una gorda un lunes a las once de la noche? No contesto. Dejo que suene y suene hasta que después de una eternidad entra la grabadora.

–Hola. Deja mensaje. Bye... —me oigo decir desde el aparato. Cortante. Seca. Por eso no se me acercan ni los perros, chingao.

–Hola, Andy, habla Karina...

"Ah, chingá", pienso. Mi compañera policía. La que me encuentro en el campo de tiro. La guapa.

–Nada, necesito que me eches la mano. Es una tontería —sigue diciendo ella mientas yo soy incapaz de decidir si contesto o sigo bebiendo mi cerveza a sorbitos.

–Tengo una chamba de infiltrada. En Cancún. Es en una fiesta de esas electrónicas...

Un rave, pendeja.

–Andamos tras la pista de unos traficantes de piezas

arqueológicas. Tenemos un pitazo de que van a cerrar un deal con unos coleccionistas alemanes durante esta fiesta. Tengo asignado entrar de incógnito y hacer la detención en caso de identificación positiva. Vamos a contar con el apoyo de la procuraduría local.

¿Y a mí qué chingados?

–Pensaba que a lo mejor tú pudieras asesorarme. Para cómo vestirme y eso. Es que es cero mi onda, ¿ya sabes? Mi novio siempre me anda echando en cara que soy una tira sin el menor rastro de estilo. Que es lo que te sobra a ti. Para eso te necesito.

Se ríe, seguramente pensando que también me sobran kilos.

–Ya hablé con Rubalcava y está de acuerdo en prestarte para el caso. Dice que así te despejas.

¿Me despejo? Como si fuera un balón.

–Bueno, chiquis, si puedes háblame, porque es el sábado. Y quiero ir hecha una reina. Chaooooo...

¿Ir de niñera de esta idiota? Ni madres. La rabia me hace levantarme del sillón como si tuviera un resorte y corro al teléfono para marcar el celular de mi jefe, que me contesta en algún lugar donde hay mucho ruido.

–Rubalcava. Más vale que sea importante —contesta, como siempre. Demasiada televisión.

–Jefe, de ninguna manera pienso ir pastoreando a Karina Vale a Cancún.

Oigo el entrechocar de fichas de dominó. Voces de hombres mayores platicando, algunos riendo. Puede distinguirse a un mesero tomando una orden. Alguien pide una torta de pavo. Otro, una cubita.

–Dije importante, Mijangos; esa asignación está dada.

Considérala una orden —repone el jefe tras una eternidad incómoda.

No sé qué decir. Barajo varias posibilidades que pasan por mi mente. Una de ellas es fingirme borracha y mañana pedir perdón. Al final, digo sumisa:

–A la orden, jefe.

Y cuelgo.

45

ESA NOCHE, EN MEDIO DE UN SUEÑO TURBULENTO (AL principio del cual un simio que habla se lanza a su cara y le arranca jirones de piel mientras aúlla) el hombre conocido como el Médico se descubre a sí mismo corriendo por pasillos interminables de lo que parece un psiquiátrico abandonado o un hospital en zona de guerra recién bombardeado; puede sentir las tiras de carne pendiendo de su rostro desgarrado pero no es capaz de ver al simio por ningún lado; busca por esos pasillos derruidos sin encontrar aquello que en realidad ignora que está buscando, halla el cadáver de un niño en uno de los baños, descubre estantes plenos de tarros de vidrio ambarino repletos de órganos bulbosos que es incapaz de identificar flotando en diminutos océanos de formol, fetos que parecen devolverle la mirada desde el otro lado del vidrio, atisba el fondo de una habitación de azulejos blancos manchados con salpicones marrones que le hacen pensar en que alguien golpeó su cabeza durante horas contra aquellos muros o que algún cirujano enloquecido practicó ahí mismo una colostomía sin más herramienta que la tapa filosa de una lata de sardinas, cuando, sin

explicación alguna, como sucede en todos los sueños, el hombre conocido como el Médico se topa frente a frente con Abraxas, a quien nunca en su vida ha visto y sin embargo reconoce como aquel dios dual que es al mismo tiempo lo que no es y que en aquel sueño que tanto semeja una pesadilla de la que se sabe incapaz de despertar se le presenta como un niño/niña que flota a unos metros del piso sucio, todo su cuerpo compuesto de tegumentos transparentes por los que el hombre conocido como el Médico puede distinguir músculos y órganos palpitantes envueltos en una retícula de venas y nervios que se ramifican por toda la anatomía de este demiurgo que parece profundamente concentrado en algo que observa en la palma de su mano; el hombre que sueña y que se sabe inmerso en su propio sueño camina hasta Abraxas, al que sólo es capaz de ver por la espalda, fascinado ante la sangre que circula en pequeños impulsos por las carreteras interminables de su sistema circulatorio y los impulsos nerviosos que recorren los nervios del cuerpecito infantil como destellos luminosos que brillan furiosos dejando una estela que se apaga lentamente; el hombre conocido como el Médico llega hasta ese niño que al mismo tiempo es un anciano e intenta hablarle pero en el sueño lo único que sale de sus labios es un silencio ahogado por lo que rodea al dios menor para ver qué es lo que lo tiene fascinado, qué es aquella pequeña gragea que brilla en la palma de su mano sólo para descubrir un comprimido negro que despide un fulgor oscuro, la clase de cosas que sólo suceden en los sueños y es en ese momento en el que el soñador contempla el cuerpo esplendoroso del que es lo que no es que comprende la estructura

bioquímica de aquello que ha estado buscando durante meses y en ese mismo instante que de no olvidar los sueños al despertar el hombre conocido como el Médico habría de recordar como una epifanía reconoce que la pastilla que Abraxas sostiene en la palma de su mano es el Hielo Negro, el santo grial de las anfetaminas que ha estado buscando y en medio del júbilo de saber que la sustancia existe, que hay un acomodo molecular estable para aquel encargo que le ha encomendado Lizzy aquel que sueña este sueño intenta preguntar a Abraxas sobre la composición del Hielo Negro pero de nuevo descubre que de su tráquea apenas escapa un silbido seco al mismo tiempo que el niño/niña de hermosa fealdad se lleva la palma de la mano a la boca y traga en seco la pastilla que el hombre conocido como el Médico ve resbalar por la garganta transparente de Abraxas hasta llegar a su estómago donde comienza a disolverse y al hacerlo se ilumina con una incandescencia furiosa similar a la del magnesio cuando arde al fuego y antes de que el hombre que sueña esta pesadilla sepa muy bien qué está pasando el cuerpo translúcido de Abraxas desaparece en una bola de luz que se traga el cuarto de hospital primero y el pasillo después y luego el hospital entero y antes de que el hombre conocido como el Médico despierte en su sueño el universo entero se convierte en una esfera de la luz blanca más pura que el soñador es capaz de imaginar, una luminiscencia que tan sólo de soñar que la contempla el soñador siente cómo sus ojos arden desde las retinas hasta el tallo del nervio óptico pero no le importa ante la certeza de haber resuelto en sueños el misterio del Hielo Negro y en ese instante de éxtasis rabioso el

Médico despierta y camina aún envuelto en las brumas de la duermevela hasta la terminal de su laboratorio donde teclea unas instrucciones al simulador molecular, apenas una sutil variación en la colocación de los oxidrilos con que intentaba enlazar sus dos moléculas de fenilpropanolamina.

Cuando segundos después en la pantalla aparece el mensaje SUCCESSFUL BONDING: STABLE COMPONENT el Médico estalla en una risotada frenética que retumba en los pasillos vacíos del laboratorio, vacíos a aquellas horas de la madrugada.

46

–Ya sácate la idea de vengar al Chaparro —dice el Járcor a Andrea, que hace su maleta.

–Para ti es fácil decirlo.

Durante unos segundos Andrea guarda ropa en su maleta. Añade:

–He estado pensando hasta en renunciar.

–Estás pendeja.

–¿Tú crees, Jar?

–Claro, gorda. A ver, ¿cuánta lana tienes ahorrada?

Andrea se detiene un segundo a pensar. El Járcor no puede evitar ver que tiene en la mano lo que parecen unos calzoncitos negros tan sexys que jamás hubiera pensado que los usaría su compañera.

–Unos veinte mil varos. Poco menos.

–¿Ya ves? ¿Qué vas a hacer con eso?

–Pues ya veré —no es lencería, sino un estuche de viaje en el que Andrea comienza a poner su desodorante y toallas femeninas. Enseguida empaca unos bóxers con escudos de Batman.

–Ya decía yo... —murmura el Járcor.

–¿Qué?

–No, no, nada. Ya en serio, ¿cómo se te ocurre renunciar? ¿Qué vas a hacer?

–Pues poner una agencia de detectives.

–Ay, por favor...

–Así le dijeron a Colón y ya ves, descubrió América.

El Járcor se queda mudo.

–No mames, parejita.

–Brincos dieras.

Los dos ríen. Aunque son apenas unos días, ambos saben que van a extrañarse. Cuando Andrea guarda en la maleta su Heckler and Koch, dice:

–No me hace ninguna gracia ir con la pendeja de Karina a un rave.

–Esa pendeja es una de las mejores agentes de la corporación. Además una vez me dijiste que no te caía tan mal.

Andrea no contesta.

–No me quiero alejar de mi investigación.

–El jefe no quiere que te vayas. Pero opina que es bueno que pienses en otras cosas. Que dejes por la paz lo de Armengol.

–Que me asigne el caso.

–Olvídalo. No es bueno para ti obsesionarte.

–¿Quién puede saber lo que es bueno o malo para mí?

–¿Qué es lo que quieres exactamente, Andrea?

–Venganza.

–Qué necia eres, carajo...

Andrea le suelta una patada al pecho que el Járcor apenas esquiva. Contraataca lanzándosele a la cadera para taclearla. En el piso forcejean.

–¡Suéltame, imbécil!

–Ya sácate esas pendejadas de la cabeza.

El policía batalla para mantener quieta a su compañera. Puede sentir bajo los brazos robustos de Andrea músculos como de piedra. No querría enfrentarse a ella de verdad. Nunca en la vida. Después de varios minutos ruedan exhaustos, trenzados en un abrazo del que finalmente se sueltan, agitados.

–Ni así te excito, ¿verdad? —suelta ella.

–¿De qué hablas?

Tardan varios segundos en recuperar el aliento.

–Nadie me ve como una mujer. Para todos soy... otra cosa. Un monstruito amaestrado.

–Monstruote.

–Es en serio. Así me revolcaba con el Chaparro, Jar. Para ti fue sólo jugar luchitas con otro amigo más.

–Parejita... sabes que te quiero un chingo.

–Eso no me basta. No como mujer. Es lo que no entienden —dejó escapar una lágrima.

–No es eso —dice el Jar, incorporándose—, si eres guapísima. Sólo que...

–No digas nada. Tú ni siquiera me gustas. Es sólo eso, que aquel güey me hizo sentir deseada.

–¿No... sientes que nada más venía a darte tus sustos?

Silencio.

–¿Que nomás venía a remojar la brocha hasta que le volviera a hacer falta estacionar el vocho? —agrega el Járcor, sin atreverse a sostener la mirada de Andrea.

–¿Sabes algo? ¿Te dijo alguna vez algo sobre nosotros?

–No —miente.

Andrea se incorpora lentamente.

–¿Sabes en qué se parecen las vacas a las gordas? —pregunta con voz quebrada.

–¿En qué?

–En que… es divertido cogértelas hasta que te ven tus amigos.

Los dos se ríen. Necesitaban hacerlo.

–Estás loca.

–El comal le dijo a la olla.

–No voy a convencerte, ¿verdad?

Sus ojos dicen no.

–¿Puedo llevarte al aeropuerto?

–Lo voy a pensar...

Él toma su mochila y saca un libro que avienta a la maleta de Andrea.

–¿*Hora cero en Phnom Penh*? ¿Qué es esto?

–¿Qué va a ser? Una novela policiaca.

Por un momento Andrea no sabe qué decir. Él rompe el silencio:

–Te la traje para el avión. Supuse que ya habrías acabado la de Stephen King.

–Sí, de hecho.

–Es de Christopher G. Moore, un canadiense que vive en Tailandia. Está buena, sobre todo ahora que vas al calor.

Andrea se queda viendo a su compañero. Lo abraza. Él no sabe qué hacer. La abraza también.

–Gracias, parejita —murmura ella.

Antes de que él pueda reaccionar, Andrea le aplica una llave kuzushi que lo hace girar por el aire antes de terminar de espaldas en el piso.

–Nomás no se me apendeje.

–Pinche vieja...

47

El Médico abrió los ojos y se encontró con el cañón de una Glock 9 mm observándolo fijamente. Detrás de ella, la mirada feroz del Bwana que le asestó un golpe en medio de las cejas.

Todo estalló en un doloroso caleidoscopio de luces de colores. Cuando despertó no pudo calcular cuánto tiempo había transcurrido. Frente a él se hallaba Lizzy, que lo miraba divertida. El Médico quiso incorporarse, sólo para descubrir que estaba atado a una silla con cinta canela.

–¿No puede un hombre decente dormir sin que lo molesten?

–Dudo que haya sanguijuela más alejada de la decencia que tú.

Detrás de ella, el Bwana observaba fijamente al Médico, con los brazos cruzados sobre el pecho y un cigarrillo colgándole de los labios, sin encender.

–¿Cuidas tu salud, Bwana? —preguntó el Médico por decir algo—. ¿No conoces los riesgos de la ósmosis?

Nadie festejó su sangronada.

–¿Y a qué debo el honor? —dijo el Médico tras un silencio incómodo.

–Sabes por qué estamos aquí.

Legítimamente lo ignoraba.

–Me vas a matar, Lizzy, pero no doy.

Ella volteó hacia el Bwana, que avanzó hasta el Médico y le cruzó el rostro con la chacha de su pistola.

–Así, menos... —murmuró. Esta vez el Bwana le dio una patada en la cara que tumbó la silla. Las terminales nerviosas de su cara aullaban tanto de dolor que llegó un momento en que no sentía nada. Ahí, desde el suelo pudo ver que estaban en su laboratorio. Lo habían arrastrado desde el dormitorio para amarrarlo a la silla.

El rostro de Lizzy apareció gigantesco frente a su campo de visión.

–¿Pensaste que te iba dejar a tu libre albedrío con todos los juguetes que te compré? Nop. Un pequeño bot en el software de tu terminal me indicó hace unas horas que por fin obtuviste un compuesto estable.

Ahora todo tenía sentido.

–Así que antes de que hagas una pendejada, vinimos a verte. Ya sabes, no se puede confiar en los locos.

–Creo que no soy el único por aquí.

Una nueva patada del Bwana en el estómago lo hizo tratar de doblarse sobre el ombligo. La cinta canela se lo impidió.

–Ahora, si eres tan amable, papacito…

–No he hecho pruebas. Es imposible saber si es peligroso. Tenemos que probarlo primero.

–Es lo que vamos a hacer.

–No tengo ratones ni simios en este laboratorio.

–Tenemos algo mejor. Vamos aprovechar que aquí mi amigo tiene un encarguito especial saliendo de aquí.

–¿De qué diablos estás habl...?

El Bwana dio un paso al frente. Lizzy sonrió. El Médico sintió un nudo en el estómago.

48

–No conocemos la concentración tóxica, ni la dosis mínima ni los efectos secundarios.

–Cállate y dámelo —gruñó el Bwana.

Frente a ellos, sobre una de las mesas del laboratorio el Médico había montado un complejo aparato formado por matraces y retortas interconectados por alambiques y pipetas. Lizzy pensó que sólo le faltaban unos focos para parecerse a aquellas máquinas de las películas del Santo, el Enmascarado de Plata, porque el Médico ya podía pasar por el Doctor Cerebro.

Al final de la torre de destilación goteaba un líquido transparente que era recogido en un cristalizador. Apenas unas gotas que semejaban lágrimas. Cuando el fondo del vaso tuvo una película uniforme, el Médico lo retiró para dejarlo secando a temperatura ambiente. En unos minutos el líquido se había evaporado para dejar una capa blanquecina al fondo.

El Médico recogió los cristales con un hisopo de algodón y los disolvió en agua. Vació el contenido en un gotero ámbar.

–¿Ya estuvo? —preguntó Lizzy. Llevaban varias horas viendo al sabio trabajar.

–Momentito.

Caminó hasta la cafetera del laboratorio. Abrió una azucarera y tomó un cubo de azúcar. Volvió a la mesa del laboratorio, desenroscó el gotero y vertió unas gotas en el terrón. Observó fascinado cómo se absorbía el líquido en el azúcar. Lo tomó con manos enguantadas y lo ofreció al Bwana. Pudo ver un atisbo de miedo en los ojos del sicario.

–Un pequeño paseo en bicicleta para el doctor Hoffmann. Un gran viaje para la humanidad —dijo con su mirada de hielo clavada en el Bwana.

–Ay, cómo eres mamón, pinche Médico —rezongó Lizzy. El Bwana tomó el terrón. Lo revisó desde varios ángulos, como si fuera un insecto repulsivo, y de golpe se lo metió a la boca. Antes de que terminara de masticarlo se disolvió en su saliva. Puso cara de asco, se había empalagado. El Médico le ofreció agua destilada en un vaso de precipitado.

La bebió de un golpe. Nunca se había llevado un líquido tan insípido a la boca.

–¿Y ahora? —preguntó impaciente.

–Esperar a que la sustancia activa atraviese la barrera hematoencefálica —dijo el Médico.

–¿O sea?

–Que tenemos que esperar a que llegue a tu cerebro. Como un toque. O la coca.

–No siento nada.

–No es instantáneo.

–Es que no siento nada.

–Te estás agitando, Bwana —dijo Lizzy.

–Es que no siento nada, nada…

–No conviene que se hiperventile, Lizzy.

El sicario tomó al Médico de las solapas de la bata y lo levantó en vilo, con las pupilas dilatadas.

–¡Es que no siento nada! ¡Nada! ¡Nada! ¡Nada!

En ese momento el universo estalló dentro de su cabeza.

49

De haber llegado a viejo, el Bwana hubiera recordado aquélla como la noche más agitada de su vida. Los recuerdos se volvían borrosos pero al menos tenía claro que había salido del laboratorio junto a Lizzy, su jefa, que le había encomendado ir a Guadalajara a hacer un ajuste de cuentas con Iménez, el colombiano. Tenía claro, sin embargo, que se habían despedido en el helipuerto del laboratorio. Que habían dejado al Médico volver a dormir. Que Lizzy había volado de vuelta a Monterrey, desde donde habían llegado juntos los dos y que él se subió a una moto que no recordaba de dónde había salido, y manejado hasta Guadalajara con los audífonos de su iPod puestos a todo volumen. Recordaba vagamente escuchar hip hop y algo de hardcore las dos horas que hizo desde el laboratorio, en algún lugar entre Colima y Jalisco, hasta Guadalajara. El Médico le había dicho que si bebía una sola gota de alcohol podría convulsionarse en ese instante y caer fulminado, por lo que bebió seis botellas de agua de litro y medio que iba comprando en las gasolinerías. Recordaba haber llegado a Guanatos cuando amanecía pero que no se detuvo en ningún semáforo

hasta llegar al mercado de San Juan de Dios donde devoró varios platos de menudo. Que siguió hasta la casa a Iménez, al que Lizzy le había encomendado que le levantara la tapa de los sesos, en un fraccionamiento cerca de un club de golf en Chapala. Que llegó a la casa y reconoció de inmediato a los guarros acechando desde dos camionetas negras a las que sin mayor espera roció con una Heckler & Koch UMP que Lizzy le había regalado de cumpleaños para sustituir la vieja Uzi que compró apenas tuvo edad legal para hacerlo en la armería de un expolicía apellidado Pike en Los Ángeles. No recordaba sin embargo qué había hecho con la Uzi a la que secretamente llamaba Lizbeth como una novia que había tenido en la Simon Rodia Continuation School de Watts. Una latina güera de la que estaba enamorado cuyos padres no la dejaban verlo. Lizbeth logró conseguir una beca de la UCLA para estudiar química mientras que el Bwana se dedicó a meterse todas las sustancias ilegales conocidas. Ahora se había metido una desconocida. Recordaba haber cosido a tiros a los seis guaruras que no tuvieron tiempo ni de pestañear, así como el haber entrado a la casa con la mayor tranquilidad. Un perro gigantesco, un San Bernardo, corrió hacia él ladrando furioso. El Bwana lo esperó quieto, con los dos pies bien plantados en el piso, ligeramente echado hacia delante. Cuando el animal se le echó encima, buscando a dentelladas su cuello, el Bwana rodeó la garganta del bicho y cerró sus dedos sobre la laringe, que apretó hasta escucharla reventar. Perro y sicario rodaron sobre el pasto, al que el Bwana recordaba fresco, aún húmedo de rocío, el perro retorciéndose entre sus manos. Para cuando se detuvieron y dejaron de rodar el

animal estaba muerto y el sicario seguía tranquilo. Se levantó, cambió el magazine de su Heckler & Koch y cargó la Glock 9 mm. Caminó con calma hasta la puerta de la casa que derribó de una patada. Subió por las escaleras sin detenerse a admirar el mal gusto con el que estaba decorada la residencia y tras abrir varias puertas dio con la alcoba principal que abrió de golpe para encontrar al colombiano entre las sábanas con una mujer que dedujo sería su esposa. Iménez intentó sacar un revólver de debajo de la almohada pero el sicario fue más rápido y de un tiro de la Glock le voló tres dedos de la mano. El hombre aulló, salpicando a la mujer de sangre mientras ella se convulsionaba de la impresión. Antes de que siguiera gritando el Bwana le pegó un par de tiros en la cabeza que lo dejaron convertido en un guiñapo en medio de las sábanas negras que se adivinaban de satín. En medio del aroma a pólvora, el Bwana reconoció el perfume de la mujer, un Eternity de Calvin Klein, fragancia que el Bwana siempre detestó. Aun vista en el piso, retorciéndose, se trataba de una cuarentona apetitosa, con cabello platinado muy corto. Sólo por el mal gusto para escoger perfumes el sicario se inclinó hasta ella, la tomó del mentón con una delicadeza fuera de lugar, metió el cañón de la Glock en su boca y disparó. Salió de la recámara canturreando un viejo éxito de Pandora ("¿Cómo te va, mi amor?") que a Lizbeth le gustaba cantar, bajó a la cocina, abrió el refri, se sirvió un vaso de leche, sacó un paquete de galletas Oreo de la alacena y abandonó la casa montado en la moto. Por curiosidad volteó a ver el reloj para comprobar que había estado exactamente doce minutos dentro de la casa. Sonrió como quien pega una carambola

de tres bandas en el billar, pensó en que Lizzy iba a estar muy contenta con él. Sólo entonces reparó en la similitud de nombres entre su exnovia y su jefa. Pensó luego en Lizzy, en sus piernas, en las nalgas portentosas y el busto pequeño. Recordó el dicho sinaloense: "buena pierna, mucha nalga y poca chichi: culichi". Pero Lizzy no era de Culiacán sino de Mazatlán. Daba igual. Pensando en su jefa sintió abultarse su entrepierna en una erección dolorosa. Nunca había querido aceptar que Lizzy lo prendía. Hasta ahora. Lo siguiente que recordaba el Bwana era una mancha borrosa que suponía que era la autopista Guadalajara-México, recorrida de un tirón en la moto que si hubiera hecho un esfuerzo recordaría que era una Suzuki Katana 2006 de color azul cobalto sobre la que recorrió los seiscientos kilómetros que median entre ambas ciudades bebiendo litros y litros de Gatorade sabor mora azul y deteniéndose apenas a cargar gasolina y orinar. La llegada a la ciudad de México se había disuelto en el olvido pero podía recordar el haber tomado el Periférico y llegar hasta Palmas, en donde viró a la izquierda para bajar por Mazaryk hasta la calle del departamento de Lizzy cuando ya eran las once la noche. Encontró a Pancho, el viejo guarura, haciendo guardia en la puerta. El viejo tuerto intentó detenerlo pero el Bwana no se detuvo ante él y le metió un tiro limpio en la cabeza. Subió hasta el departamento, que ocupaba todo el piso doce, y entró directamente a la recámara donde descubrió que Lizzy jugaba con su Wii. "¿Qué chingados haces aquí?", preguntó ella. Él le sorrajó una bofetada con el dorso de la mano, recordaba perfecto cómo había tronado el golpe, que la lanzó contra la cama y se abalanzó sobre ella.

Lizzy intentó rechazarlo pero en segundos el Bwana la tenía sometida. Le arrancó la ropa, una pijama vietnamita de seda negra y un calzoncito de hilo dental del mismo color. No llevaba sostén, eso lo tenía grabado fotográficamente en su memoria el sicario. Durante un segundo, las miradas de ambos se encontraron, la de él dilatada, la de ella licuada en furia. Lizzy respiraba agitada, su pecho palpitando. Él, con total tranquilidad.

–Le tengo noticias, jefa. ¿La droga nueva del Médico? Sí funciona, oiga.

Excitada, ella lo besó.

50

DESDE QUE LLEGAMOS AL AEROPUERTO FUE CLARO que Karina y yo hacíamos una pareja dispareja. Ella, vestida de jeans ajustados, con zapatos de tacón y blusita de tirantes. Yo, con tenis Converse y una playera de Mamá Pulpa. Ella, producida como para un comercial, el cabello recién teñido de rojo, el color de labial haciendo juego. Yo, de cara lavada con el pelo recogido en una cola de caballo de la que mis mechones desiguales intentaban huir.

Nos documentamos como agentes de la tira.

Ya en la sala de espera todo mundo se comía con los ojos a Karina. Ella, como buena bitch, se hacía la disimulada, cruzaba coqueta la pierna y le sonreía a todo aquél con el que se encontrara su mirada. Vaya policía judicial. ¿Así quiere ir de encubierta?

Yo me clavé en la novela que me había dejado el Járcor.

–¿Hora cero en... qué? —preguntó Karina al ver el título.

–Phnom Penh. Es la capital de Camboya.

–¿Cómo sabes tantas cosas? —dijo con un desdén que no pudo disimular.

–No es que sepa cosas. Es cultura general.

–Por Dios. ¿Camboya? ¿Dónde está eso? ¿En Tláhuac?

En ese momento supe que este viaje iba a acabar muy mal. Nunca dejará de sorprenderme lo ignorantes que pueden ser los judas. Son como los músicos. Sólo tienen tres temas: a) armas; b) cerveza (o cualquier otro estimulante) y c) sexo. En los músicos sustituya el primer inciso por música.

No pelé mucho a Karina hasta que abordamos y se puso a platicar con el tipo que le tocó al lado. Ella iba en medio, yo en ventanilla. Me puse a leer.

Mala idea.

En la novela aparecía un gordo llamado Stuart al que sofocaba el calor de Bangkok. "Los gordos odian el calor", escribía Moore, "los hace sufrir en lo más profundo de un modo que los flacos jamás entenderán."

Como Karina.

Después de que el gordo Stuart caía envenenado en el hipódromo de Bangkok no pude seguir leyendo. Miré por la ventanilla, más allá del tipo que intentaba ligarse a mi compañera.

Ya podía verse el color azul turquesa del Mar Caribe tapizando el paisaje en miniatura que se desplegaba bajo el avión. Ese color que tanta gente encontraba enloquecedor. No era mi caso.

No hay gorda a la que le guste la playa. Aunque sea Cancún.

En el aeropuerto nos esperaba la gente de la Procuraduría del estado. Un grupo de cabrones a los que nada más les faltaban unas cartulinas que dijeran POLISIA JUDISIAL. Al frente de ellos, un tal capitán Íñigo, metro

ochenta, negro como el chapopote y con cara de sapo. Me hizo pensar en Patas Verdes, de *Odisea Burbujas*.

Karina no dejaba de coquetear con todo mundo. Pude ver cómo los tiras la encueraban con los ojos. Ventajas de no estar buenota, nadie te come con la mirada. A menos que seas la única mujer.

–Bienvenida a Cancún, agente Vale —saludó el capitán—. No sabíamos que venía acompañada.

–La agente Mijangos viene de incógnito. Es mi asesora para infiltrarme.

–¿O sea que viene usted de infiltrada dentro de los infiltrados? —quiso bromear el ruco.

–Es como el invitado del invitado, capitán.

Se rio, con esa risa cascada que tienen los policías judiciales.

–Me cae bien, agente. Vénganse, acá está la camioneta.

Pasamos junto a un expendio de lotería. Recordé el Melate del Chaparro que traía doblado en mi cartera desde que se murió.

Apenas salimos al estacionamiento, el golpe de calor me recordó que estábamos a orillas del mar. Chingada madre.

Cuando subimos a la camioneta, en el estéreo sonaba un disco de éxitos de Chico Che.

–¿Una cervecita? —ofreció el capitán abriendo una hielera.

–¿Quén pompó? ¿Quén pompó? —se puso a cantar Karina, para fascinación de todos.

Bienvenida al infierno.

51

Lizzy sabía que estaba cometiendo un error.

"Nunca hay que meter el pito en la nómina", solía decirle su papá.

Pero en este caso, ¿cuál sería el equivalente? ¿Nunca debes permitir que la nómina te meta el pito? ¿Nunca debes meter la vagina a la nómina?

Eso pensaba en la cama, al amanecer, con las piernas trenzadas entre las del Bwana, que por fin le daba un descanso.

El sicario dormía después de tres días frenéticos de penetrar a Lizzy. Penetrar, ésa era justo la palabra. No la ridiculez de hacer el amor. No la corrientada de coger. Penetrar. Como el cuchillo del carnicero. O el bisturí del cirujano. O el pistón de un motor bien calibrado.

Ahora, con los efectos del Hielo Negro desvaneciéndose, el Bwana dormía agotado. ¿Cuántas veces había alcanzado el clímax? ¿Cuántas veces se había venido ella?

"Debes tener cuidado con lo que pides, porque se te puede conceder", le decía el padre Parada cuando la confesaba, en sus días de adolescente. Poco antes de que

mataran al cura a tiros. Quizá fue el único sacerdote al que respetaba su papá. Igual que ella.

Había observado con fascinación morbosa al Bwana durante meses. Algo en sus rasgos de guerrero la excitaba. Acaso sus brazos que parecían tallados en madera. O el aroma a vainilla que solía dejar tras de sí.

Ella siempre había reprimido ese deseo. Hasta ahora.

Era la fantasía perfecta. "Un hombre rudo entra en tu habitación. Un hombre rudo al que deseas. El hombre te arranca la ropa y te tiende sobre la cama. Sabes bien de dónde viene. Por eso el aroma almizclado de su sudor te huele a muerte, a destrucción", pensaba la chica.

Quizá por eso apenas ofreció resistencia. Por ello recibió gozosa el embate doloroso de su nuevo amante.

¿Hacía cuánto que no se acostaba con alguien? Meses. ¿Años?

"Tú puedes tener todo", le había dicho Sharon, su galerista, en un arranque de sinceridad al calor de las copas durante su exposición, "¿hay algo que aún desees?"

"Un hombre", había contestado Lizzy.

Ahora lo tenía en su cama. Algo más que un hombre. Un monstruo. Uno hermoso.

Pasó sus dedos entre la cabellera del sicario. Le sorprendió la expresión de desamparo con la que dormía el Bwana. Casi parecía un niño soñando pesadillas. A ella le hizo pensar en un cachorro de rottweiler.

¿Qué hubiera pasado de haberse resistido? Lizzy sintió un escalofrío. Pensó por un momento en Pancho. En cómo había tenido que mandar despachar su cadáver a Culiacán. En ese momento lo estarían velando en una funeraria de la colonia Tierra Blanca.

Pero el guarura tuerto de su papá era lo que menos le importaba a Lizzy. Entre sus dedos acariciaba el pene del Bwana, que después de todas estas horas se mantenía semirrígido.

Durante un segundo, Lizzy sintió un atisbo de miedo.

¿Cómo mantener controlado a este monstruo? ¿Qué pasaría cuando se le pasaran los efectos de la droga? ¿Sería preferible mantenerlo arriba todo el tiempo? ¿Cuánto tiempo podría sobrevivir así?

Ella cerró los ojos. No quería pensar en eso. No quería pensar en nada que no fuera el trozo de carne enrojecida que frotaba suavemente.

Se deslizó fuera de la cama. Caminó de puntitas hasta su estudio, desde donde marcó el número del celular de Thierry, su díler de arte.

–Oui? —contestó el francés.

–No digas oui. Di sí.

–Ah, Lizzy. Justo pensaba en ti.

–¿Ya ves cómo cuando se trata de dinero hasta se te quita el acento, mamón?

–Estudié en el Liceo en Mexique, no se te olvide.

–No se me olvida, güey.

–¿Tendrás las piezas de las que me hablaste? Mis clientes están muy interesados.

–Las tengo. Pinche Tierras, no fueran mis videos porque no los mueves ni de pedo, ¿verdad, cabrón?

–El arte contemporáneo es buen negocio, ma poupée, pero el arte prehispánico es mucho mejog.

–Ya se te está escurriendo la gé, cabrón. Mejor nos vemos en la playa, como quedamos. Ya sabes, en estricto efectivo.

–Ya sé, ya sé.

No le dio tiempo de despedirse. Colgó y marcó otro número, esta vez el celular de un viejo amigo que había conocido en Toronto.

–Allô?

–Yves, cabrón, ¿estabas dormido?

–Lizzy? C'est toi? Quelle heure est-il?

–Sí, soy yo, güey, ¿estabas dormido?

–Oui.

–Pues te chingas. Tengo algo que te puede interesar. Una nueva pasta que va a caer como una bomba en tus discos.

–Estce que vous êtes sérieux?

–Sí, guey, hablo en serio. Y ya párale al francés, pinche mamón, que llevas dos años en Quintana Roo. ¿Lo platicamos ahora que nos veamos?

–Sí, sí.

–Cámara, vas.

Y colgó. En la recámara le pareció escuchar al Bwana deslizarse entre las sábanas.

No, falsa alarma.

Marcó ahora el celular del Médico.

–¿Sí? —contestó desganado aquél, desde el laboratorio.

–Tu mierda es un éxito. Buenísima.

Tras un silencio el Médico dijo:

–Me alegro.

–Necesitamos grandes cantidades. Esto va a ser una bomba.

El hombre bostezó.

–Son las cinco de la mañana. ¿Podemos hablar más

tarde? —el Médico le jugaba al valiente sabiendo que en ese momento ella lo necesitaba para preparar la producción del Hielo Negro.

Lizzy estuvo a punto de estallar fúrica. De gritarle que era una piltrafa, que o le bajaba de güevos o en ese momento le mandaba meter una bala en medio de las cejas. Que no fuera pendejo.

Pero las manos del Bwana, palpando ansiosas su trasero la arrancaron del teléfono.

Desde el otro lado de la línea, el Médico escuchó a Lizzy gemir.

Colgó y volvió a dormirse.

52

EL MÉDICO SABÍA...

...que su vida pendía de un hilo.

...que ese hilo se llamaba Hielo Negro.

...que su única oportunidad era negociar el intercambio de la fórmula y el montaje de la cadena de producción de la sustancia a cambio de que Lizzy lo dejara ir.

...que no sería fácil desaparecer.

...que seguramente ella lo preferiría muerto, como hacían siempre los narcos con la gente que trabajaba para ellos: abogados, arquitectos, cirujanos plásticos.

...que la vida es una mierda y después te mueres.

Y después, te pudres.

53

Frente a nosotros, al otro lado de una gran barda, vemos estallar las luces al ritmo de la música electrónica. Puedo escuchar desde el estacionamiento el golpe de los tonos bajos de la música retumbar en mi pecho.

Son las once de la noche. Karina maneja un jeep prestado por la Procuraduría local. Yo vengo al lado. Ella va vestida como una parodia grotesca de personaje de manga. Yo, de jeans y una playera de Einstürzende Neubauten. Al menos es música electrónica.

Karina estaciona el coche después de dar vueltas durante más de veinte minutos. Caminamos hacia la entrada del rave entre una multitud que ya viene hasta la madre de ácidos, trippies y anfetas. Nada de coca ni mota, como en los conciertos punk de mis tiempos.

Me sorprende que nadie voltee a vernos. Me imagino que nos vemos como una mancha de aceite en el tejido impecable de un smoking blanco. Una gorda de jeans y una vieja corriente que desoyó todos mis consejos a la hora de arreglarse y que parece más bien lista para ir a una disco de gringos que a una fiesta electrónica.

Ninguna de las dos vamos armadas. Sabemos que es imposible meter una pistola al evento. La seguridad será muy rigurosa. A cambio, venimos comunicadas por radios ocultos en unos brazaletes que tienen la elegancia de uno de esos hipopótamos de Disney que bailan ballet en *Fantasía*. Como si esto fuera una tira de Dick Tracy, carajo.

Dick Tracy. Así me decía mi hermano para hacerme burla cuando entré a la Juda. ¿Qué no hay otro policía en los cómics? ¿Todos son superhéroes y putitas voladoras?

Karina viene diciéndome no sé qué madres. Desde que bajamos del avión me tiene hasta la madre.

Ella va tras un presunto comprador de piezas arqueológicas. Sus informantes le dicen que el trato habrá de cerrarse en este rave. Va microfoneada pero sin armas. Deberá ubicar al tipo, grabar de ser posible la transacción y dar aviso para que los agentes de la Procu local lo esperen a la salida.

En la puerta mostramos los boletos, expedidos por Ticket Master y pagados a precios exorbitantes por la Procu.

Supe que Rubalcava insistió en que viniera. "Para que se olvide del pinche Armengol", debe haber dicho. El Járcor debe haberle contestado: "No hay nada que detenga a una hembra herida, jefe". "Ni a una en brama", seguro contestó el capitán. ¿Por qué todo el tiempo imagino diálogos sobre lo que la gente dice de mí? ¿Hará lo mismo Karina?

No lo sé. Me cuesta trabajo pensarlo al verla coquetearle a los marranos de la puerta. Detesto a los grupos parapoliciacos que ofrecen seguridad en eventos. Expolicías o militares desertores que por algo los corrieron. Aunque es mejor a que se vayan con los Zetas.

Una mujer metida en un overol fosforescente nos registra. El contacto de sus dedos de uñas pintadas de rojo me repugna. No me gusta que me toquen. Por eso soy policía.

No me pasa desapercibida la mirada de sorna que nos dedica la edecán que recibe a la gente. ¿Diecisiete, diecinueve años? Putita anoréxica con el cabello platinado que me observa como si fuera un mendigo deforme.

De alguna manera lo soy en este paraíso artificial.

–Benvenutti —saluda la pendeja. Hay que ver la cara burlona que pone al ver a Karina. Para ella es una golfa decadente de treinta años. Creo que para mí también.

Finalmente estamos adentro. Un mar estroboscópico nos recibe en medio de los olores de lociones y perfumes orgánicos. Los cuerpos perfectos de estos adolescentes brincan al compás de la música. Las ropas de fibras sintéticas y látex se untan sobre los cuerpos sudorosos que aun cubiertos de humedad se antojan perfectos, impecables. ¿Cómo me vería en uno de esos trajes de goma?

Como una cerda. Mi consuelo es que al lado de todas estas niñas, Karina se ve igual de decadente que yo. Sólo más delgada.

El lugar, que tiene la forma de media luna siguiendo el contorno de la playa, es una gigantesca estructura orgánica a la orilla del mar. Algo que he visto en los cómics del Santi que parece estar muy de moda en las caricaturas japonesas. Ribofunk o algo así me dijo el Sanx que le llaman a esta estética. Distribuidas estratégicamente hay barras de bebidas iluminadas indirectamente para crear un efecto acuático con los licores de las botellas. Karina camina contoneándose a la más cercana, sólo para volver a los dos minutos, decepcionada.

–No hay vodka. Sólo bebidas energéticas y agua —dice desilusionada.

"Pues, claro, idiota", pienso, "esto no es un palenque."

¿De dónde salen todos estos niños drogados? Ciertamente no de las colonias populares.

–Trippies, aceites —oigo murmurar a un sujeto que pasa entre los grupitos de adolescentes que brincan frenéticos. Ni de broma se nos acerca. Es clarísimo que no pertenecemos a este lugar. Muy pronto las miradas reprobatorias se multiplican sobre nosotras. Desde la barra, los de seguridad que hacen rondines entre los asistentes a la fiesta nos observan insistentes. Todos saben que no encajamos en este ritual. La única que no se da cuenta es Karina, que piensa que la miran con lascivia y contonea más sus caderas.

–Vamos a sentarnos. Nos tienen plaqueadísimas —le digo.

–¿Tú crees? Ay, no...

Reprimo el impulso de darle una patada en el estómago cuando veo entrar a otros invasores de este espacio.

Un grupo de guaruras rodea a un hombre mayor, delgado como un cadáver con el cabello cano a rape y unos lentes oscuros de soldador que en medio de esta penumbra salpicada de destellos palpitantes resultan ridículos. Lleva un suéter negro de cuello de tortuga y fuma unos cigarrillos Capri con ademanes delicados. Yo he visto esa cara en algún lado. A su lado van dos hombres con cara de ejecutivos de alguna empresa alemana, que tampoco parecen encajar muy bien en este lugar.

–Parejita —me dice Karina picándome una costilla—, creo que ése es mi hombre.

Claro. Ya sé quién es. Thierry Velasco. Un famoso díler de arte. He visto su cara en varias de las revistas donde aparece la perra.

Por eso al principio no me sorprende ver aparecer a Lizzy segundos después, escoltada por el único hombre de entre la multitud que se ve más fuera de lugar que todos nosotros. Un cholo enorme que avanza tras de ella como si fuera un orgulloso macho alfa de mano de la hembra dominante del rebaño.

Por un instante nuestras miradas se cruzan, enganchándose. Ella, vestida de látex rojo con el cabello tijereteado en mechones negrísimos que caen sobre su rostro pálido.

Yo, con el odio ardiendo en las pupilas siento que me ha reconocido aunque nunca nos hayamos visto.

En el aire ya no flota el aroma de los perfumes caros ni el sudor de los adolescentes. El aroma que llena el espacio entre nuestras caras es otro muy diferente, que sólo podemos percibir ella y yo.

Sangre. A punto de derramarse.

54

No, las cosas no están bien, piensa Lizzy apenas mira a la mujer enorme que la observa desde la mesa de enfrente, pero no se siente capaz de decirle nada al Bwana, que lleva sus dedos tensados alrededor de su cintura; las reglas son muy claras, nada de armas dentro, ni siquiera ella es la excepción.

"Éste es territorio neutro", le advirtió Yves, sabiendo que ella venía a cerrar uno de sus negocios.

"¿Tas pendejo o qué, güey?", le gritó al canaca sin convencerlo.

Él había llegando huyendo de la monotonía de Montreal, ella lo había convencido de que probara fortuna en México. "No conozco pinche extranjero que vaya y no le guste México, cabrón", vaticinó Lizzy; efectivamente, apenas unos meses después de llegado, Yves ya era el rey de los diyéis en el selecto circuito de las discos para europeos de Cancún y Playa del Carmen.

Cuando Lizzy le contó que se haría cargo de los negocios del papá y que daría un giro hacia las anfetas, a Yves le brillaron los ojos.

"Ésa es toda mi onda", le había dicho en su impecable

español neutro, sin rastro de acento alguno que sorprendía a todos los que lo conocían. Por ello a Lizzy le irritaba cuando para mamonear Yves le hablaba con tono montrealense.

Antes de un año las pastas producidas en el laboratorio del Médico inundaban la Riviera maya y a través de decenas de clientes satisfechos comenzaban a llegar a las discotecas europeas; esta ocasión sin embargo Lizzy le había prometido la exclusiva de su nuevo producto.

"Aún no está listo, pinche Yves, pero en cuanto empiece la producción serás el primero en probarlas."

"Non, merci, Lizzy", repuso Yves, implicando que el único que se mantiene sobrio es el díler, o todo se va a la mierda.

Lizzy lo sabía bien. Nunca se metía nada que no fuera vodka con ansiolíticos cuando le venían las depres.

Justo en eso piensa la heredera del cártel de Constanza cuando Thierry, que más o menos tiene la edad de su papá, sonríe y dice: "Muy bien, damas y caballeros, let's get down to business", enseguida añade: "A lo que te truje, chencha".

A Lizzy le sorprendería todavía más que el Tierritas haya hablado en español si no tuviera encajada la mirada furiosa de esa pinche gorda que no pierde detalle de sus movimientos.

Lizzy está a punto de pedirle al Bwana que la saque de ahí a chingadazos ("Cabrón Yves, ¿por qué no nos dejaste meter las armas?") cuando uno de los dos alemanes que vienen con Thierry pregunta en perfecto español pero con un fuerte acento teutón: "Bueno, vamos a verr, ¿tiene esas piezas mayas, Fräulein Zubiaga?". Pese

a llevar años tratando con europeos, a Lizzy no deja de sorprenderle que pronuncie la zeta como si fuera español, seguramente porque aprendió el idioma con algún maestro catalán refugiado en Colonia o Brandemburgo o alguno de esos lugares. "Sí, aquí las tiene", contesta sorprendiéndose a sí misma por su docilidad; normalmente le hubiera contestado un par de majaderías, le hubiera metido una patada en los güevos y se hubiera dado media vuelta, ¿será acaso que tan urgente es para ella legitimarse en otros negocios, igual de sucios que el narco pero más refinados como el tráfico de arte prehispánico?

Ella chasquea los dedos, tras lo cual el Bwana le entrega un pequeño portafolios Gucci de piel negra; al hacerlo el sicario roza las yemas de los dedos de su jefa un segundo más del necesario.

A Lizzy ya comienza a cagarle que este pinche cholo se sienta su marido pero de nuevo se sorprende al no hacer nada y simplemente abre el portafolios para sacar, en medio de la multitud que brinca y baila al ritmo de la música electrónica, un par de vasijas de cerámica que el otro alemán, el que no ha hablado, toma con dedos temblorosos para revisarlas con cuidado.

"Auténtikas", murmura con el mismo acento de oficial nazi de cinta de Indiana Jones mientras la pinche gorda de enfrente y la flaca que la acompaña, en la que Lizzy no había reparado, no les despegan la mirada; Lizzy puede ver que discuten.

"Estupendo, caballeros, ¿tenemos un trato?", pregunta el Tierras.

"Sólo tenko una prregunta", dice el primer nazi.

"Dígalo cantando", intenta bromear Lizzy sin que nadie festeje su chiste.

"¿De dónde salierron estas piezas?", de nuevo la zeta española.

"De una de mis haciendas en Yucatám", repone ella sin que de nuevo nadie parezca escuchar su humorada.

"Bien. Sí, krreo ke tenemos un trrato. ¿Le parrece bien una transferencia bankarria desde un banko suizo? Sabemos ke tiene una kuenta en Islas Kaimán."

"Prefiero que me lo deposite en un banco de Belice. Son cantidades pequeñas", dice ella.

"¿Pekeñas? Mein Gott!"

"La señorita está acostumbrada a negocios muy… exuberantes. Para ella esto es una minucia", interviene Thierry. "Un divertimento", añade.

"En ese caso, krreo que se impone un brrindis, ¿no lo krreen?", dice uno de los alemanes, sonriendo por primera vez.

Thierry, histriónico, excesivo, llama de inmediato al mesero: "Garçon, s'il vous plaît".

"No mames, Tierras, aquí nadie te va a entender." Lizzy es la primera sorprendida al ver aparecer al lado de la mesa a un muchachito que parece salido de un comercial de Guess que en perfecto francés toma la orden de Dom Perignon para volver minutos después con la botella sepultada en una hielera de plata. "Pinche Yves", piensa ella.

Más se sorprende al verlo maniobrar diestramente para descorchar el champán y servir varias copas que reparte entre ella, Thierry, los alemanes y a una orden de la chica, al Bwana, que la toma dudoso.

“Cheers”, dice Thierry, “por el gusto de hacer negocio con ustedes. No vayas a olvidar mi comisión, Lizzy”; todos se llevan la copa a los labios y beben el líquido espumoso hasta vaciar sus copas.

Sólo hasta que extinguen las bebidas Lizzy recuerda la advertencia del Médico sobre el Hielo Negro: “Si bebe una sola gota de alcohol puede convulsionarse en ese instante y caer fulminado”, pero es demasiado tarde, ya su guardaespaldas se retuerce en el piso escupiendo espuma por la boca con los ojos en blanco ante el terror de Thierry y los alemanes que no atinan qué hacer.

Es cuando la gorda, que se ha acercado a la mesa sin que Lizzy lo note, le pone una manota de aplastabisteces en el hombro al tiempo que le dice: “¿Señorita Lizzy Zubiaga? Policía Judicial. Está usted arrestada”, contra las protestas de su amiga, la flaca.

Se desata el caos.

55

¿Quién diablos eres tú? He sido tu sombra durante semanas. He revisado las secciones de sociales de periódicos extranjeros y las revistas rosas. Siempre estabas ahí. ¿Qué quieres? Y al preguntar con la mirada me levanto de la mesa donde ya los alemanes intentan correr despavoridos mientras los guaruras del Tierritas lo llevan a empujones a "un lugar seguro". Me pregunto cuál será. Venganza. Quiero venganza. Puedo leer la furia en los ojos de la gorda a la que nunca en mi vida he visto y sin embargo recuerdo. Claro que nos hemos visto. ¿Cómo puedes olvidarlo? Una balacera en Ciudad Lerdo, Durango. En ella murió tu padre. Nunca supe cómo escapaste. Ahora no será tan fácil. Fue así. Como ahora, que me escurro entre la confusión, entre las sombras de la gente que grita aterrorizada por el hombre que se convulsiona, que me deslizo hacia la playa. No, chiquita, no está tan fácil. Tú me ves grande, con dos brazos como jamones y piernas que parecen patas de una mesa de billar, pero soy una policía entrenada y corro detrás de ti, hacia el mar, mientras dejamos la confusión a nuestras espaldas, con Karina pidiendo refuerzos por nuestros

radiobrazaletes y la gente pisoteando las vasijas mayas en medio del desorden. ¿Quién era tu amigo? Quisiera saberlo pero no tèngo tiempo. No volveré a tenerte tan cerca. Nunca más. Corro hacia la playa. Sé que si llego a la orilla del mar puedo seguir la costa y alcanzar el club de yates un par de kilómetros al sur. Que ahí puedo esconderme. Eres rápida pero apenas pises la arena puedo alcanzarte. Benditas botas. Benditos tenis. Al correr esquivo meseros y adolescentes que gritan entre la confusión. Pinche Yves, te dije que me dejaras traer mi pistola, cabrón. Vas abriendo el camino. La playa, al fin. Lo sabía. Al sur, al sur, sin voltear a verte. Es mi única oportunidad. La música queda atrás, como cuando despiertas de un sueño. Abro la boca y jalo aire como si fuera la última bocanada de mi vida ¿Dónde quedó el Bwana? Para empujarme con las dos piernas como resortes lanzándome hacia la cadera de Lizzy. Ay, cabrón grita cuando le caigo encima pinche gorda y la tacleo sobre la arena apenas a tiempo para que una ola nos revuelque a las dos en medio de la oscuridad, las luces y la música de la fiesta perdidas en la distancia. "¡¿Quién chingados eres tú?!", grito y como respuesta recibo una patada circular de taekwondo directamente en el pecho que la tumba de espaldas pero yo no estoy manquita y al ir por ella para ayudarla a levantarse recibo una patada frontal justo en la boca del estómago que me derriba al momento que otra ola revienta en la playa y nos arrastra a las dos cuando logro recuperarme la veo tosiendo apenas a unos metros de mí al verla acercarse me incorporo como puedo para colocarme en posición de combate es en ese momento que las dos comprendemos que estamos en igualdad de

condiciones y durante unos instantes nos observamos fijamente, apenas iluminadas por la luz de la luna que endurecen los rasgos de Lizzy y suavizan la cara de la gorda que bien vista es bastante bonita reconozco en sus movimientos el entrenamiento de aikido sabe taekwondo damos vueltas una frente a la otra alrededor de un eje imaginario al centro esperando que la otra avance que la otra dé el primer golpe pero ni siquiera finta la cerda ni avanza la perra y así, con las miradas fundidas en una espiral de odio le pregunto "¿Quién eres? ¿Qué quieres?" "Tú me quitaste algo", le respondo. "¿Yo? Yo ni te conozco", miento porque claro que la he visto en algún lado. "Uno de tus sicarios mató a mi hombre." "¿Será porque a eso se dedican?" "No te quiero a ti. Lo quiero a él. Dámelo y puedes irte." "Mi único sicario está muerto, lo acabas de ver convulsionarse allá arriba." "Ése no. Busco al cuchillero." Sorprendida, bajo la guardia. Ella avanza, fintando. Vuelvo a elevar los brazos. "Busco al que mata con un bisturí. Al Médico." Sus ojos parecen brillar como dos carbones. No está mintiendo. "¿Qué vas a hacer con él?" "¿Te importa, acaso? Te voy a quitar un peso de encima." Tiene razón. Ahora es Lizzy la que finta. Retrocedo sin bajar la vista. "Ya lo recuerdo. El tira que mandé matar. Por pendejo. Andaba pisándome los callos"; furiosa me tira una patada al pecho que apenas esquivo. ¿Está llorando? ¡Mil veces perra! grita al lanzarse hacia mí, esta vez no finta le reviento una patada circular en la cadera que la desequilibra trato de responder con las manos pero antes de que pueda defenderse la ametrallo con mis piernas cada golpe una explosión de dolor en mi cuerpo hasta que su furia la hace fallar y caigo de frente en la arena

cuando ella logra esquivarme y le caigo a patadas desesperadas en los riñones pero alcanzo a voltearme para atrapar uno de sus pies entre mis manos y jalar hacia mí derribándome y giramos las dos sobre la arena hasta que otra ola nos alcanza y nos arrastra trenzadas en un abrazo del que ninguna afloja hasta que el agua nos vuelve a escupir, cada vez más lejos de las luces y por un instante nos miramos una a la otra y reconocemos en el otro rostro el espejo inexorable que nos une de ambos lados de la ley y lo único que alcanzo a hacer es acercar mi rostro al de ella y besarla violentamente hasta que una ola vuelve a arrastrarnos hacia la profundidad del mar.

56

CUANDO LA CONFUSIÓN SE DISIPA, LA AGENTE KARINA Vale tiene a) un cadáver, b) dos extranjeros detenidos in fraganti comprando piezas arqueológicas, c) una multitud de chamaquitos drogados que protestan por la interrupción de la música, d) un empresario furioso, canadiense él, que no deja de gritarle que qué se piensa, que todos sus permisos están en orden, que no tienen derecho a entrar en propiedad privada sin orden de cateo, e) un capitán Íñigo de la Procuraduría del estado ladrándole encabronado por haber procedido a un arresto prematuro cuando se suponía que sólo debían grabar en video la transacción y f) dos vasijas mayas pisoteadas por una multitud de adolescentes que salió despavorida al detectar la violencia.

Al cadáver lo reconoce el Íñigo, a quien se le quitó lo amable y coqueto y quien murmura todo el tiempo "pinches viejas, mano".

–Este cabrón es el Bwana. Uno de los matones del cártel de Constanza. ¿Qué le pasó?

–Quién sabe, jefe —dice uno de los peritos forenses—, dicen los testigos que comenzó a convulsionarse y luego cayó al piso, muerto.

–¿Envenenado?

–Habrá que esperar los resultados de laboratorio, jefazo.

–Pinches viejas, mano.

–Capitán —interrumpe Karina—, eso no es mi culpa.

–Se les ordenó claramente no intervenir. Sólo tenían que identificar la operación.

–Mire, en primer lugar usted no es mi superior, le recuerdo que ésta es una operación conjunta...

–Pinches viejas, mano.

–En segundo lugar, mi compañera decidió actuar ante la premura de las condiciones, de otro modo se nos hubieran escapado —miente Karina. En realidad Andrea enloqueció apenas vio a la mujer que venía con las piezas. "Es ella, es ella, es ella...", repetía enfurecida. Karina no pudo detenerla cuando avanzó hacia la mesa, echando a perder el operativo.

–No me venga con chingaderas, Karinita.

–Tenemos dos arrestados. ¿No es lo que quería?

Son las cuatro de la mañana. El rave se convirtió en un circo grotesco. Grupos de policías interrogan testigos, la mayoría de ellos adolescentes aterrorizados. "No los vamos a arrestar", se oye decir aquí y allá a los policías. "Sólo díganos lo que vieron."

Hay heridos. Gente golpeada al momento de que la multitud salió huyendo. Cayeron doce narquillos con anfetas y aceites. Thierry Velasco logró escurrirse en medio de la confusión. No así los dos alemanes.

–¿De qué me sirven los dos alemanes con el desmadre que me armó su amiga? Por cierto, ¿dónde quedó ella?

Buena pregunta. Karina no lo sabe. Pero antes de que

Íñigo vuelva a decir que pinches viejas, mano, se da la media vuelta y camina hacia la playa, que fue el último lugar donde vio a Andrea.

Como invocada, Karina ve aparecer a su compañera cojeando por la playa. Viene lastimada. La agente Vale nunca pensó que le daría tanto gusto ver a quien arruinó espectacularmente el operativo de hoy, pero le es imposible no ir corriendo hasta Andrea y abrazarla.

–Pagano... Pagano... —murmura Andrea, como delirando.

–Tranquila, tranquila —intenta consolarla Karina. No logra evitar que su compañera se desplome sobre la arena. Cuando llegan los doctores del servicio forense, Andrea yace inconsciente.

Apenas a unos kilómetros al sur de ahí, en el club de yates, una sombra se desliza hasta uno de los barcos.

–¿Quién anda ahí? —pregunta el velador, elevando una escopeta en medio de la modorra interrumpida.

–Soy yo, pendejo. Localízame al capitán, que nos largamos ahora mismo.

–S-sí, seño —obedece el hombre al reconocer a su jefa.

Dos horas después, el yate *Alacrán* parte hacia Panamá con una tripulación de seis hombres y un médico acompañando a la única pasajera.

–¿Qué le pasó, jefa? —pregunta sorprendido el doctor al revisar el cuerpo golpeado de la mujer en el camarote.

–Te vale madre, güey. Cúrame.

El galeno procede en silencio.

57

Trepo a la moto y salgo a la calle donde me recibe un cielo plomizo.

Camino a la Procu me cruzo con rostros grises cargados de fastidio. Siento como si cargara sobre mis hombros el peso de su monotonía. Después de dos días en el hospital, no quiero volver a la oficina. No, después del desmadre que armé en Cancún.

El jefe estará esperándome como el velocirráptor a la vaca. Vaca. Eso soy. Una vaca estúpida.

Ni siquiera el Járcor me podrá sacar de ésta. En eso pienso cuando a unas cuadras de la oficina paso por el expendio de lotería donde el Chaparro solía comprar sus melates. Una punzada me hace detener la moto y sacar el papelito naranja que he guardado en mi cartera desde que aquél se murió.

Busco la fecha del sorteo, cotejo los números.

Y por primera vez en semanas, sonrío.

58

—Vaya, hasta que regresa la princesa —gruñe Rubalcava apenas me ve.

—No vengo de humor, jefe.

—¿Cómo la ves, Jar?

Mi parejita no dice nada.

—Mijangos, te mando a una operación de rutina y me armas un desmadre. Los de la Procuraduría de Quintana Roo te quieren fincar responsabilidades.

—Karina está encabronadísima, parejita —tercia el Járcor.

—Todo para que al final, ¡nada, carajo!

—Tenemos un par de detenidos, jefe, los alemanes —me defiendo.

Rubalcava busca entre los papeles que se amontonan sobre su escritorio. Finalmente encuentra un expediente y lee:

—¿Rolf Krohn y Herbert Ziergiebel?

—Ésos.

—Ni madres, Mijangos. La chisparon con fianza. No se concretó la compra y la evidencia quedó destruida. Gracias a ti.

–¿Y la vendedora de las piezas, jefe? —pregunta el Jar.

–Es tras la que salió disparada Mijangos. Nunca la alcanzaste, ¿o sí?

–No, jefe.

Durante unos instantes se hace un silencio incómodo. Ninguno de ellos dos entiende de qué me río.

–No es gracia, Mijangos. Voy a tener que castigarte. Te voy a mandar a la banca. Al papeleo administrativo.

–Eso... no va a ser necesario, jefe.

Disfruto su expresión de sorpresa.

–¿Como por qué?

–Porque renuncio. En este momento, jefe.

Les muestro el melate del Chaparro.

–Cinco de los seis números. Doscientos noventa millones de pesos. Nada mal.

Los dos se van de espaldas.

–Y ahora, si me permiten, tengo una cita en el estado libre y soberano de Jalisco.

Me paro y salgo antes de que puedan reaccionar.

59

Tras un silencio, Rubalcava preguntó:

–Oye, Járcor… ¿tú crees que se nos vaya con los Zetas?

–No, jefe. Ellos no tienen tanta suerte.

60

Pagano, Jalisco, es un pueblo de tierra roja repleta de alacranes. En la plaza, una catedral sin adjetivos mira de frente a un palacio municipal que transpira aburrimiento. Un quiosco derruido atestigua el hastío de los ancianos, mujeres y niños que se reúnen todas las tardes a añorar a los hombres que laboran de ilegales en lugares de nombres exóticos como Cook, Watts, Hodgkins o Winnetka, desde donde envían dólares y llaman por teléfono durante algunos minutos.

Lo más espectacular del pueblo es la vista que ofrece del volcán de Colima, que se eleva arrogante por encima del horizonte para escupir de tanto en tanto fumarolas blanquísimas repletas de azufre.

Nada le importaban aquella mañana al Médico los encantos de Pagano. Frenético, borraba archivos de su computadora al tiempo que desmontaba la torre de destilación de la que había sacado la primera muestra del Hielo Negro.

Ante la lentitud de la máquina para borrar gigas y gigas de información meticulosamente archivada durante los dos años que estuvo al frente del laboratorio subterráneo,

el Médico decidió frotar un electroimán sobre el chasís de la máquina. Sintió un pequeño placer al ver la pantalla magnetizarse en un pequeño remolino de colores.

Incineró sus notas, después de haberlas pasado por la destructora de documentos.

"Hora de irse", pensó al tiempo que salía de su cubículo.

En las líneas de producción, los cocineros preparaban tranquilos las sustancias, ajenos a la huida de su supervisor.

Sin más equipaje que lo puesto, un suéter de cuello de tortuga color negro y un bombín, impensables para los calores de Pagano, unos pantalones cargo color luto y unos tenis Converse rojos, el Médico se dirigió discretamente hacia el elevador.

–¿Se va, doctor? —le preguntó al paso uno de los cocineros, que vertía un poco de sosa sobre unos cuencos.

–N-no tardo.

Avanzó hacia el elevador. Su oficina estaba el octavo nivel subterráneo. Sabía que no le quedaba mucho tiempo. Que Lizzy había dejado Panamá unas horas antes. Quería estar muy lejos para cuando ella regresara.

Aún no decidía dónde. Reynosa, quizá. Torreón. O quizá cruzar la frontera sur. Avanzar hacia Venezuela o Bolivia. Quizá Colombia. Los servicios de un buen químico siempre son bienvenidos.

En eso pensaba cuando se abrió la puerta del ascensor y lo recibió un puñetazo en medio de la nariz. Huesos y cartílago crujieron.

–¿Adónde con tanta prisa, papacito? —saludó Lizzy.

Desde el piso del elevador, con la cabeza dándole vueltas, el Médico vio a su jefa (¿o exjefa?) sonriéndole como lo hacen los gatos cuando están por jugar con un canario agonizante.

Al lado de ella, una mujer enorme de rasgos sorprendentemente bellos sostenía el puño en alto. El mismo que pulverizó la nariz del Médico.

–Ustedes no se conocen —dijo Lizzy con malicia—, pero tuvieron un conocido común.

El Médico las observó inexpresivo.

Andrea avanzó dentro del elevador. Las puertas se cerraron tras ella.

Media hora más tarde, Andrea alcanzó a Lizzy en la plaza del pueblo. Desde lejos reconoció el Impala negro 1970 de la sinaloense. Llegó hasta la plaza, apagó su moto, se apeó y caminó lentamente hasta la banca de granito.

Se sentaron en extremos contrarios, sin mirarse. Pasó un minuto. Dos.

–No gritó —dijo al fin Andrea.

–¿No?

Un cuervo graznó a lo lejos. Un viejo con cara de pergamino pasó ofreciéndoles tejuino.

–Ni un grito. Ni un quejido. Nada. Y eso que me aseguré de que le doliera. Años de práctica en los de la Juda.

Lizzy miraba el quiosco del pueblo detrás de sus lentes oscuros. Llevaba una minifalda y sandalias. Andrea reconoce que tiene lindas piernas. Preciosas.

–No siempre obtienes lo que quieres.

–Más bien nunca.

Una brisilla refrescaba el calor semitropical.

–Una vez —platicó Andrea—, un agente que estuvo de

encubierto en un laboratorio de ésos me contó que tras pasar unas horas ahí dentro la tuvo parada como dos días.

–Mamadas.

–Eso supuse. De ser cierto, mejor se ponían a hacer Viagra, ¿no? Se vendería mejor.

–No creas. Pinches viciosos.

Cada minuto que pasaba era más incómodo. Tras otro silencio, Lizzy habló.

–Ahora sí estamos a mano. Tu muerto por mi laboratorista. Tablas.

–Parece.

–Aunque... no creas. Nunca podrás estar a mano con alguien que te salva de ahogarte en el mar.

Andrea meditó por un momento lo que iba a decir. Habló muy lentamente:

–Eres... mi peor enemiga. No podía dejar que te ahogaras.

–Pitayas. Va querer pitayas, oiga... —ofreció una niña que pasó con una cubeta rebosante de frutos en la mano. Ante la indiferencia de las dos mujeres, continuó su camino.

En la iglesia repicaron las campanas.

–Deja de jugar a los policías y ladrones, Andrea. Ésta es una guerra perdida de antemano. No hay ninguna solución.

Por primera vez encaró a la exagente Mijangos para decirle de frente:

–Ven a trabajar conmigo. Eres buena. Necesito guarura.

Andrea pareció considerarlo unos segundos. Luego dijo:

–Gracias, no. Tengo muchas cosas que hacer antes de vender mi alma al diablo.

Se incorporó para plantarse frente a Lizzy.

–Además, ¿te soy sincera? Me dan ganas de no descansar hasta destruirte.

El rostro de Lizzy se tensó.

–¿Por qué no lo haces ahora? Vengo sola. Estoy desarmada.

El cuervo graznó de nuevo. Andrea lo buscó con la mirada. Sin mirar a Lizzy, dijo:

–Es que, ¿sabes? Sería demasiado fácil.

Antes de irse alargó el brazo para darle una tarjeta a Lizzy.

–Y prefiero pegarte donde más te duela. Poco a poco —añadió—. Empezando por tus inversiones en la casa de bolsa Blue Chip. Con Alberto Suárez.

Andrea disfrutó profundamente la cara de desconcierto de Lizzy.

–Ya ves. Hice bien mi tarea —tras dar media vuelta trepó a la moto. Se puso el casco y salió disparada.

Aún aturdida, Lizzy leyó la tarjeta.

"A. Mijangos. Detective privada", se leía en sobria tipografía Helvetica.

Y un teléfono.

61

Todas las noches Margarita Zamarripa viuda de Armengol era incapaz de conciliar el sueño. Agobiada por deudas, dejada a la deriva tras la muerte de su marido, le era imposible dormir.

Que si los gastos de la secundaria de Rubén. Que el médico para Sergio. Que la dentista para Brenda.

Su trabajo de contadora en una fábrica textil no daba para mantener a tres hijos. Con dos rentas atrasadas y las tarjetas al tope, el teléfono cortado y amenaza de embargos por todos lados, le había salido una úlcera.

Como si le faltaran preocupaciones, escuchó ruidos en la cocina.

Primero quiso pensar que era un sueño.

No, claramente se oía a alguien en la cocina.

Margarita pudo sentir cómo se le anudaba el estómago, cómo la úlcera segregaba ácido. En otros tiempos, su marido hubiera bajado a ponerle un susto al ladrón. Apenas unas semanas atrás ella misma podría haber usado su pistola, de no haber tenido que empeñarla.

Más ruidos.

Temblorosa, la mujer se incorporó lentamente, como

deseando que el ladrón se fuera antes de que ella bajara. Caminó despacio hasta la escalera.

Había luz en la cocina.

–¿Quién anda ahí? —llamó insegura.

Silencio.

–¿Quién anda ahí? —repitió.

Esta vez escuchó pasos. Vio la luz apagarse y oyó la puerta trasera azotar de un portazo.

Con el corazón en la garganta, Margarita bajó a la cocina. Al no ver a nadie encendió la luz.

En la mesa había un sobre que simplemente decía: "Sra. Armengol"; lo tomó con manos temblorosas para abrirlo.

Era una carta de apenas una línea:

"Por favor, úselo bien y no haga pendejadas.

Atentamente, La Puta."

Venía acompañada de un cheque de caja por diez millones de pesos.

La señora Armengol sintió que se desmayaba.

Afuera, el bramido de una motocicleta se alejaba por las calles desiertas, perdiéndose en la noche.

Lizzy y Andrea volverán en

Cuello blanco

POST SCRIPTUM

No por sabido deja de decirse: aunque una novela sea escrita (casi siempre) por una sola persona, en su creación interviene directa o indirectamente mucha gente.

Hielo negro tiene decenas de deudas pendientes, me robé pedazos de la vida de varias personas y consulté a mucha gente para darle coherencia.

Por lo anterior, vaya mi agradecimiento especial, en estricto desorden, a Israel Montes, las doctoras Claudia Tomás y Claudia Gómez, Karen Chacek, Carmen Pinilla, Nelleke Geel y Guillermo Schavelzon.

Hace varios años Juan Hernández Luna me enseñó a corregir una novela cuando terminé de escribir *Gel azul*, mi primera historia de largo aliento. Hoy él ya no está aquí para agradecerle, pero sigo trabajando como me enseñó a hacerlo. Gracias, carnal.

Finalmente vaya mi gratitud con mi esposa, Rebeca, y María, nuestra hija, por estar siempre a mi lado. A ellas dedico permanentemente todos mis afanes.

Bef,
ciudad de México, enero de 2011

Esta obra se imprimió y encuadernó
en el mes de marzo de 2023
en los talleres de Impresora Tauro, S.A. de C.V.,
Av. Año de Juárez 343, Col. Granjas San Antonio,
C.P. 09070, Iztapalapa, Ciudad de México.